卡嘟里

小頭目優瑪 4

失蹤的檜木精靈

文 張友漁 圖 達姆

親子天下
Education · Parenting · Family Lifestyle

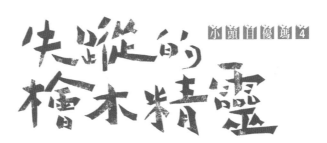

目錄

作者自序（十週年紀念版）

小頭目優瑪是這樣誕生的

張友漁

那是很久很久很久以前的事了，大約是一九九六年夏天的某一天。我記得是在《老蕃王與小頭目》這本書出版之後，我到屏東三地門旅行，參觀了文化園區的雕刻展覽，有一個大型的立體勇士木雕吸引了我的注意，雕刻的手法粗獷豪邁，勇士雙手彎曲平舉在身體兩側，粗壯的兩腿也彎曲著，露出了代表族群繁衍的生殖器。那名勇士的臉看起來不像勇士，比較像是一個稚氣未脫的調皮孩童。

當時我心想，這木雕在三更半夜大家都睡著的時候，會跑出去玩吧？這就是【小頭目優瑪】系列中最早跳出來的角色，一個會在半夜出來玩耍，有生命靈氣的木頭人。

接下來冒出來的角色，是陶壺。我在三地門一家藝品店看到了一個大陶壺，上頭有四條百步蛇分成兩組，盤據在陶壺的兩側，十分有意思。我盯著陶壺上的蛇看了很久，腦袋裡冒出很多想像：

> 有一天，這兩條蛇終於逃走了，在陶壺上流下了兩滴眼淚！蛇為什麼逃走？又為什麼哭泣？

於是我有了《蛇從陶壺上逃走了》這個故事。醞釀了一、兩年，寫了近四萬字的小說，故事大意是說，百步蛇從一個很有象徵意義的古老陶壺上逃走了，隱喻部落文化受到漢人文化的影響，正一點一滴流失。寫作的過程中，心情很沉重，一點也不開心，因為牽涉到文化傳承與保留的問題，很重的東西壓在肩膀上，當然就不輕鬆了。

結果，這個沉重的故事就被擱置在抽屜裡。

作家的腦子裡通常不會只存放一個故事，而是有很多小故事在那兒等著長大。當作家去旅行、逛街或是去爬山的時候，腦子裡的故事就會跑到窗邊透透氣，翹首期盼作家帶禮物回來給自己。作家觀察生活、觀察人、觀察樹林，這些觀察來的東西經過想像和聯想，變成一種意念，它們會自己去尋找腦海裡的故事，進行配對，擦出火花，燃燒成某個炙熱的故事，靈感就是這樣來的。

有一次，我在逛街的時候，看見有人在賣比拳頭再大一些的小陶壺，很高興的買了兩個回家，擺在書桌前，每天看著那兩個陶壺胡思亂想：

不管這兩條蛇願不願意，牠們被安置在陶壺上數百年，煩不煩哪！一睜開眼就看見同一條蛇，該說的話早在四百年前都說完了，未來的日子該怎麼過下去呢？

如果這兩條蛇相看兩相厭，每天吵架，會吵些什麼呢？蛇又是怎麼吵架的呢？

陶壺就擺在書桌上，隨時都看得見，

▲這兩條相看兩厭的蛇，吵起架來，那可真是驚天動地了。

都會有新的想法。後來，我把《蛇從陶壺上逃走了》拿出來修改時，發現自己完全無法進入狀況，老天大概要告訴我，這個故事這樣子寫下去不是一個好主意。也許方向錯了，所以才會在創作的過程中卡住，感受不到半點快樂。於是我很痛苦的把寫了四萬多字的《蛇從陶壺上逃走了》扔進垃圾桶，只留下「蛇從陶壺上逃走」這個點子。你不能心疼，不能覺得可惜，對作品沒有幫助的東西，就得捨棄，否則對不起森林裡的大樹。

很年輕也很愛美的時候，我曾經作過一個夢。我夢見一個笑起來很誇張的胖仙子，她說可以幫我實現一個願望。我很高興，許了一個希望自己可以長高，雙腿也可以變得又細又長的願望，胖仙子聽完我的願望後，一臉賊兮兮的一邊狂笑一邊消失：「我會實現你的願望的，哈哈哈……」第二天我以為我長高了腿也變細了，但是沒有，我的腿變得像大象腿那麼粗，我急著大喊：「不是說要實現我的願望嗎？」胖仙子的聲音從高空中傳來：「我實現你的願望啦！哈哈哈，是相反的實現，哈哈哈……」我又氣又急，想著自己怎麼這麼倒楣，遇見實現相反願望的仙子，這下該怎麼辦？還好，最後我醒過來了。我摸摸腿，呵呵，和原來的一樣耶！

所以呀，再強調一次我常常說的，要養成寫日記的習慣，要寫下好玩又好笑的夢。看吧！如果我沒有記錄這個夢，卡嘟里森林裡就不會有調皮的扁柏精靈了。

我平常很愛蒐集種子，書架上擺了各式各樣的種子。有一陣子我很喜歡把蒐集到的種子埋進陽台的花圃裡，然後看著種子頂開土壤冒出芽來，木瓜、百香果、柳丁、蘋果、葡萄、合歡……小小的嫩芽和小貓小狗這些小小的動物一樣可愛。我的小頭目故事需要一些比較特別的角色，於是，我把熱愛種子的自己放進故事裡，這個角色就是瓦歷。

就這樣，我新故事裡的主角慢慢增加了：小頭目優瑪、陶壺上常常吵架的蛇、檜木精靈和扁柏精靈。優瑪的朋友也一個一個的來報到：吉奧、瓦歷、多米，還有一個很重要的角色，優瑪的姨婆，以前奶奶也出現了。角色都到齊後，我展開了全新的寫作，放下文化傳承的重擔，只想寫有趣的故事。當寫作的過程是享受的，那讀者肯定也能在閱讀的過程裡感受到愉悅。

【小頭目優瑪】系列從點子冒出來一直到第一本《迷霧幻想湖》出版，竟然已跨過九個寒冬；而整套書寫完出版，則一共花了十三年的時間。

親愛的讀者，你發現了嗎？一本書的誕生其實是許許多多生活中的小經歷、小念頭、小點子，甚至是一個好笑的夢組合起來的，我們除了要耐心等待，還要養成隨時記錄生活的習慣，有趣的、憂傷的、憤怒的、難堪的、莫名其妙的……都可以轉換成創作的素材。這就是我常常說的「觀察」，觀察別人，也觀察自己。你看見自己在某些行為中的反應，停下來想一想自己為什麼會這樣做或這樣想，誠實面對自己，寫下最真實的內在聲音，這會幫助你更了解自己，也更了解別人。

非常感謝親子天下重新出版這套書，讓我有機會將故事裡不太完美的地方，修改得更完美、更好看。

二〇一五年四月，十週年紀念版出版前夕

各界好評

他們這樣稱讚【小頭目優瑪五部曲】

中國時報開卷好書獎得獎理由：作者以原住民為靈感來源，創造富有民胞物與精神的卡嘟里部落，成熟的文字功力、緊湊的故事情節，讓人讀來欲罷不能。這是一本成功的中文奇幻小說，喜歡《哈利波特》的讀者可不能錯過！

——黃靜雯（苗栗市僑成國小教師）

好書大家讀入選圖書《小頭目優瑪1：迷霧幻想湖》推薦的話：最特別的是，主人翁是個女孩，展現純真本性，關心家人、朋友、部落以及森林裡的一切。此書不只是動人驚險的故事，更吸引我們的是對於不同文化的理解與感動！

——邢小萍（台北市立新生國小校長）

好書大家讀入選圖書《小頭目優瑪2：小女巫鬧翻天》推薦的話：以原住民為題材的兒童小說不多，難得本書是兒童會喜愛的奇幻小說，有創意和新鮮的題材；優美的文筆，帶領讀者進入無限想像的空間，書中人物的刻畫，栩栩如生。

——王錫璋（前國家圖書館參考組主任）

好書大家讀入選圖書《小頭目優瑪3：那是誰的尾巴？》推薦的話：原住民的文化尊重自然，不貪心，得以保有最純淨的土地及資源；人類的貪婪及私慾往往造成無法彌補的後果。優瑪運用智慧再次化解危機，結合多元文化、環境保護以及人文關懷議題，作者讓文字感動讀者，在抽絲剝繭、問題解決之後留下更深的反思與啟發。

——邢小萍（台北市立新生國小校長）

部落客媽媽口碑推薦

【小頭目優瑪】系列讓我深思許久，故事隱喻責任、愛心、環保，當孩子看完《哈利波特》時，我不確定他們心中留下什麼，看完這系列後，我確實感受到敬虔與責任，推薦給喜歡奇幻冒險故事的大孩子。

——魔女咪咪喵

人物小傳

優瑪

十一歲，卡嘟里部落頭目沙書優的獨生女。頭髮長而凌亂，常常胡亂綁一束馬尾，幾絡頭髮不安分的拂在臉上。除了雕刻，對待其他的事都很沒勁。母親早逝，和父親以及姨婆一起住。三歲時，優瑪對父親的雕刻刀感興趣，於是開始學習雕刻。四歲的時候，優瑪已經可以在木頭上刻出一隻豬的圖形；五歲的時候，她已經可以模仿父親雕刻的「出獵圖」。六歲的時候，用立體雕刻創造出和她當時一般高的小勇士，取名為「胖酷伊」。

胖酷伊

胖酷伊是優瑪六歲時完成的雕刻作品，長相幼稚卻可愛討喜。但是，胖酷伊並不滿意他的長相，他的嘴太大，四肢手腳粗細不一，讓他覺得很煩惱。平常沒事的時候，就喜歡拿優瑪的雕刻刀，修飾自己過粗的手臂，常常惹得優瑪對他大叫：「請你尊重我的藝術創意。」

胖酷伊勇敢、正直又有正義感，是個神射手，也是全世

界最會抓飛鼠和山豬的小勇士。但是，他除了會抓飛鼠和山豬之外，其他就連一隻蝴蝶也抓不到。因為優瑪許願的時候，只給了他這三樣本事。

以前奶奶

七十歲，優瑪的姨婆，沒有結婚，孤零零的一個人。優瑪還沒出生，優瑪的母親就把以前奶奶接到家裡居住。以前奶奶是一個活在以前的人，她常常說以前以前怎麼了，以前的地瓜比較好吃；以前的山比較漂亮；以前的溪流比較乾淨；甚至以前的冬天都比現在冷。以前奶奶發呆的時候，其實是在想事情，她的腦子裡裝了幾千幾百件關於以前的事，她一件一件的想，一樁一樁的回味，想得出神了，嘴角就會開出一朵香甜的微笑花。

沙書優

三十五歲，優瑪的父親。卡嘟里部落頭目，也是優秀的雕刻家、出色的獵人。堅持帶領族人維持卡嘟里部落的傳統生活。個性沉穩，充滿智慧，妻子病逝後，為了優瑪決定不再娶妻，一心培養優瑪成為一個優秀的頭目。有一次入山打獵，在卡嘟里山區失蹤。

多米

十一歲，優瑪的好友。性格優柔寡斷，拿不定主意，也下不了結論，永遠在下了決定之後立即反悔，覺得剛剛那個想法才是最好的。從小的願望一個換過一個，從來沒有一個重複過。永遠不清楚自己長大後到底要做什麼。

吉奧

十二歲，優瑪的好友。小平頭修剪得乾乾淨淨，有一對圓亮的雙眼，加上簡潔有力的語調，讓他看起來充滿自信。他個性聰明但古板，和優瑪凡事不在乎的個性成反比，要求凡事都得按規定行事，一絲不苟。優瑪是他唯一的偶像，他喜歡優瑪，凡事以優瑪為主。

瓦歷

十一歲，獵人阿通的兒子。和吉奧、多米、優瑪是好朋友。清瘦，臉呈現倒三角形，眼睛細小，說話時，尖尖的下巴老是往上仰。喜歡蒐集種子，衣服褲子上幾乎全都是口袋，用來裝更多的種子。只對和種子有關的事物感興趣。喜歡把種子埋進土裡，看看會長出什麼，因此他蒐集了一千多種稀奇古怪的種子。

帕克里

五十歲，部落長老，藤蔓的父親。沉穩內斂，不多話，但一開口說話，就充滿了權威。堅持按照傳統讓優瑪繼任頭目，幫助優瑪處理部落大小事件。

卡里卡里樹

卡嘟里部落祖先達卡倫四百年前來到卡嘟里山，剛好就是卡里卡里樹開花的季節。達卡倫為了尋找這奇異的香氣，來到部落現在這個位置，這才發現卡嘟里山區是世界上最美麗的地方。部落族人守護卡里卡里樹就像守護祖先的靈魂一樣，因為它引領他們來到這裡安居了四百年。每當秋天的時候，所有的植物都進入枯黃休眠期，卡里卡里樹卻和所有的植物反其道而行，開始冒出粉紅色的花苞，還沒盛開，就已經散發出淡雅清甜的香氣，花苞盛開時節，香氣讓每個人內心充滿了喜悅，感覺到幸福。

檜木精靈、扁柏精靈

樹形小矮人。三千年以上的樹木，才會長成一個樹精靈。森林裡超過三千年的樹木，一共有十一棵，因此有四個檜木精靈、七個扁柏精靈。他們並不住在自己的樹上，而是在森林裡四處遊玩。檜木和扁柏的葉子都屬於鱗片狀，得仔細端詳才能分辨出來。在森林裡遇見檜木精靈，可以向檜木精靈許一個願望，檜木精靈一定會達成你的願望。但是，如果你誤把扁柏精靈當成檜木精靈許願，調皮的扁柏精靈則會讓你所許下的願望以完全相反的方式實現。

夏雨

二十七歲，駐紮在森林裡從事動物研究及保育的年輕研究員。因為經費及人手嚴重不足，研究室只有他一個人。他要做的事真是太多了：必須到山上放置紅外線照相機，以便拍攝記錄動物的活動；還要蒐集各種動物的糞便，研究森林的食物鏈，以及跟蹤動物研究牠們的行為。雖然工作那麼多，但是夏雨從不喊累，因為他喜歡這份工作，喜歡做動物的朋友，願意終身為動物服務。

阿通

三十三歲，是瓦歷的父親，個性率直，有話就說，熟知森林裡所有鳥類的生態以及築巢習性。以捕捉及販賣鳥類為生，是動物保育者夏雨的頭號敵人。

掐拉蘇

六十歲，部落僅存的女巫師。責任心重，每天都在憂心沒有人要學巫術，找不到傳人，讓她無顏面對祖先。

翹尾巴小水怪

迷霧幻想湖又稱迷霧鬼湖，湖深，水草得不到充分的日照所以無法生長，湖裡沒有水草製造氧氣，連魚兒也無法生存，所以湖裡一條魚都沒有，卻住著一群需氧量極少、名叫翹尾巴的小水怪，所有的海洋圖鑑裡都沒有介紹這種怪物，所以當地人都叫牠們「翹尾巴小水怪」。

彩姑姑

外表年齡三十歲，嗓門大，喜歡捉弄人，不喜歡小孩，是迷霧幻想湖的新住客，自稱色彩藝術家。她將迷霧幻想湖改名為迷霧七彩湖，湖裡住著無時無刻都想逃走的彩色小不點。

前集提要

卡嘟里部落頭目沙書優失蹤後，由他的獨生女優瑪繼任，成為部落有史以來年紀最小的頭目。迷糊的優瑪才剛上任，就遇到了各種前所未見的驚人事件。每一次的危難，優瑪都在好友及部落長老們的協助下，順利帶領部落脫險，成為名副其實的卡嘟里部落頭目。

巫佳佳事件落幕後，夏雨放在森林裡的紅外線照相機拍到一條不明生物的白色尾巴、森林裡的動物被毆打成傷，還有一群可疑的紅衣人；更恐怖的是，不知道是誰拿走夏雨的照相機四處拍攝再放回原處……優瑪半夜跟蹤闖入森林的人，終於發現大尾巴的祕密，那是國家特種部隊研發的機械獸。失控且即將爆炸的機械獸把胖酷伊當成皮球摔出去，猛烈的撞擊讓沉睡在胖酷伊身體裡的檜木精靈甦醒過來，及時化解了機械獸爆炸後將帶來的毒氣危機。

雖然卡嘟里部落的危機解除了，但是，胖酷伊卻不再是原本的胖酷伊……

1 胖酷伊想去旅行

四百年前的某一個冬天，卡嘟里族的頭目達卡倫帶領族人划著小舟越過海洋，抵達了這個小島。翻山越嶺了十數天後，他們聞到一股讓人感覺幸福洋溢的花香，便一路追蹤香氣來到卡嘟里森林。所有人仰著頭站在卡里卡里樹下，一臉驚豔的欣賞滿樹的粉紅色花朵。達卡倫和族人認為這是天神的指引，於是決定在這片寬闊的林地落地生根。

清澈的卡里溪、未經破壞的自然環境，還有多樣的動植物，這裡的確是一個無可挑剔的好地方。

四百年來，外族人對卡嘟里部落的認識只有兩點：一是這個部落沒有錢，別試圖賣東西給他們，想要他們的東西，只能交換；二是這個部落是個自治區，卡嘟里族人定居卡嘟里森林，條件就是守護這片森林保持自然原貌，任何闖入森林試圖破壞的人，卡嘟里部落都有自行處置的權利。

旅遊指南書上不會有「卡嘟里部落」這個景點，儘管它看起來是那麼的特別又漂亮。所有不小心闖入或者登山經過的人，在離開卡嘟里森林的那一剎那，腦海中的記憶會產生一些連自己也察覺不到的改變，最終他們對這片森林的印象和其他森林沒有兩樣。例如他們幸運的在山徑上撞見許願精靈，或者在部落看見木頭人胖酷伊，森林裡像空氣般稀薄的特有物質，會讓他們自動刪去這段經歷，就像誰也無法帶走天上的雲一樣，誰也帶不走對卡嘟里部落的記憶。

為什麼會這樣？

不知道，至今都沒有人知道為什麼。

卡嘟里族人並不曉得自己居住的森林是如此有趣以又不可思議，他們以為世界就是這樣。

有沒有特例呢？有的，像秋冬季節樹上枯黃的葉子，有的掉得快，有的落得慢，有的固執的待在枝頭上，無論如何都不願意離開。執行國家任務的人，以及一些意志力異於常人的人，他們記得卡嘟里部落，記得木頭人胖酷伊和卡里卡里樹。但是，當他們對別人說起卡嘟里部落的時候，聽者都會說這真是一個有趣的童話故事。說到最後，連他們自己都相信這根本就是一個童話故事。

卡嘟里部落至今更替了十二位頭目，都根據達卡倫家族的血脈來傳承。第十一任頭目沙書優，去年年初上山打獵失蹤，部落派出的搜救隊持續搜尋了九個多月，卻遍尋不著任何關於沙書優的線索，就連一個腳印也沒找到。部落長老帕克里不得不宣布由沙書優十一歲的獨生女優瑪繼任頭目，以便處理部落的大小事。於是，優瑪正式繼任為第十二任頭目，並且任命她的三位好朋友吉奧、瓦歷和多米為副頭目，幫忙跑腿和出主意。

卡嘟里森林的夏天生氣勃勃，森林一片蒼翠，除了兩棵卡里卡里樹。它們光禿禿白蒼蒼的樹幹和枝條屹立在一片綠林中，安靜的告知群樹，這是它們休眠的季節。

清晨的卡嘟里部落，寧靜又安詳，朝陽剛剛跳出山頭，陽光舒適宜人。族人們三五成群的坐在嘎德傳統服飾店前的矮石牆上曬陽光，有一搭沒一搭的聊著天。

與其說這是一家店，不如說是交換中心來得恰當。店裡陳設簡單，擺著幾個陶壺，牆壁上掛著幾件做工精細的服裝，還有幾罐從山腳下的城鎮換來的鹽，店門口擺了兩座高大的勇士木雕。屋子的主人嘎德就喜歡這樣，為族人服務讓他感覺快樂，誰家缺什麼，他都盡量為他們找到。他最近一次交易，是用一副弓箭換來一把古老的彎刀，而彎刀很快又換來三個月桃簍。

這樣換來換去，嘎德賺到什麼呢？他賺到了快樂。

嘎德從屋裡走出來，面向陽光伸展雙臂，用充滿朝氣的聲音說：「美好的一天！」

族人們慵懶的閒聊著。

「是啊，今天太陽的心情很好，我知道的。」

「昨晚我夢見沙書優，他像以往那樣巡視部落，噢，那模樣啊，好像他從來沒有離開過一樣！」

「夢就是這樣，在醒來之前都是真實的。」

「沙書優會回來的。」

「會回來的。」

「我真想念他。」

「帕克里家的小牛昨天第一天下田，呵呵，那模樣真是神氣。」

以前奶奶背著背簍，簍裡躺著幾顆剛採收的地瓜、兩把山蘇和幾顆芭樂。她走過部落小徑，加入族人們的談話。

「以前哪！大家都喜歡這樣坐在一起曬早晨的陽光啊！」

「現在和以前沒有什麼不同啊！」

「以前的部落小徑沒有那麼長。」

「現在人口多了嘛！」

「今天一整天都會是好天氣。」

「適合曬芋頭。」

「我得把棉被拿出來曬曬。」

雅格把兩條魚放進以前奶奶的的背簍裡：「拿回去煮湯。」

「好久沒喝魚湯了。」以前奶奶說。

優瑪拖著一根木頭經過：「嘿，你們好哇！」接著她快步離開，又突然煞住腳步，轉身對掐拉蘇說：「你的小女巫繼承人，我有空的時候會幫你想辦法……」

優瑪話還沒說完，就見掐拉蘇連忙揮手拒絕：「不用了，不用了，我自己想辦法，我自己想辦法，一定有辦法的。」

「這樣啊！也行，你先想辦法，真的想不到辦法了，再來找我。」

優瑪說完繼續拖著木頭往家裡走去，胖酷伊無精打采的跟在後頭。

「優瑪小頭目真是忙碌！」

「哎呀！優瑪長高了呀！你看，她的褲管變短了。」

所有人的目光都移向優瑪瘦長的腿上，她的褲腳明顯的往上縮了幾寸，露出一大截小腿。

「得幫她縫條新褲子，都長大了呢！」以前奶奶看著優瑪的背影說。

「優瑪愈來愈像沙書優了。」

「是啊，沙書優真該看一看。」

「胖酷伊最近看起來不快樂。」

「不知道他願不願意幫我抓隻山豬，我家的肉乾都吃光了呢！」

「他是個勤快的小勇士，他會願意的。」

「我以前幫很多人做過褲子，他們都說我手藝很好呢！現在我得回去幫優瑪縫條褲子，她可是卡嘟里部落的小頭目！不可以穿不合身的褲子，一天也不可以。」以前奶奶背著背簍，重新走上部落小徑，嘴裡還喃喃自語：「以前我們縫的褲子，穿十年都不會破呀！」

以前奶奶回到家，放下背簍，把魚拿出來擺在水盆裡。接著，她搬出織布機，拿出幾捆毛線和苧麻，在屋簷下織起布來。

優瑪將拖回來的木頭堆放在庭院，雙手往身上的衣褲拍了拍，呼出一口氣後說：「先這樣，我現在得去寫日記。」她轉頭看看胖酷伊：「你要一起去嗎？還是你要上山去抓山豬呢？」

「我再也不想抓山豬了。」胖酷伊懶洋洋的說。

「胖酷伊不想抓山豬，就像蜜蜂不再愛花蜜一樣，怪了。」

優瑪安靜的待在頭目書房裡閱讀沙書優的頭目日記，她決定今天要讀完十本日記。

胖酷伊坐在另一張椅子上，目不轉睛的看著優瑪，心裡想：「現在是跟優瑪說清楚的最好時機嗎？」

胖酷伊是優瑪六歲時的第一件木雕作品，幸運的得到檜木精靈的幫助，成為木頭人。他陪著優瑪一起長大，一直是個快樂的木頭人，雖然不太滿意自己胖瘦不一的四肢，但是誰可以要求一個六歲的孩子做得更好呢？胖酷伊以為自己會和優瑪一起過著快樂的日子，直到優瑪變成老婆婆。但是，他的快樂在今年春天終結了。

一支特種部隊帶著研發中的機械獸闖進卡嘟里森林進行實驗，胖酷伊意外的被失控的機械獸擄走。機械獸將他抓起來往樹幹扔去，巨大撞擊的力量，讓他徹頭徹尾的甦醒了。他想起自己是怎麼鑽進那根有個樹洞的檜木枝幹裡，一陣強風吹來，樹枝應聲折斷，一陣天旋地轉，摔下地的那一剎那，他遺失了記憶，而那根斷裂的檜木被優瑪雕刻成了胖酷伊小勇士木雕。

現在他完全清醒了，他是檜木精靈，或者該說，他是一隻被取名為胖酷伊的檜木精靈，檜木精靈向來只有編號，並沒有名字，而他卻過了六年名叫胖酷伊的日子。

他應該回家的，許願精靈應該住在森林裡，而不是人類的聚落。但是，他不能這樣一走了之，他必須和每一個卡嘟里族人道別，相處的日子裡大家是這麼友善，他無論如何都得說一聲再見。

胖酷伊一直在尋找適合的時機，當他說清楚這一切時，也就是告別的時候了。但是，難就難在這裡呀！胖酷伊望著優瑪，精靈是不能和任何生物建立感情的，但這六年的卡嘟里部落生活，讓他深深愛著這個天真的小頭目。他該如何向把他當成兄弟的優瑪說出告別的話？想到這裡，胖酷伊痛苦的皺起眉頭。

「你為什麼整個上午一直盯著我看？」優瑪終於發現了，她抬起頭問。

「我？有嗎？」胖酷伊慌忙的轉移視線，朝窗外望去。

「你已經完全接受自己了嗎？」

「什麼？」

「已經很久不見你拿雕刻刀修自己的手腳了。」

「啊！是嗎？」胖酷伊彷彿想起什麼似的，慌亂的拿起雕刻刀胡亂刨著他粗壯的小腿：「是啊，忘記了。我怎麼可能會滿意自己嘛！」

優瑪看著心不在焉的胖酷伊，有點擔心：「你是不是有什麼事想拜託我？」優瑪以為自己猜到了胖酷伊的心思，臉上揚起得意的微笑說：「說吧！任何事情我都答應你。」

「我沒有。」胖酷伊心虛的撇開臉。

「我知道你有。」優瑪肯定的說。

「沒有，我只是覺得你今天認真的表情很吸引人。」

「沙書優曾經說過：『樹懂得強壯自己，才能讓鳥兒歇腳，讓蟲兒啃食樹葉、讓孩子攀爬、讓強風吹不倒。身為一個頭目，也要先強壯自己，充實知識，遇到危險來臨的時候，才能從容的面對，然後冷靜的解決。』所以呀！我要把自己變成一個強壯的人。」優瑪表情認真的說。

「優瑪，你好像長大了。」

「經歷那麼多的事，我是被嚇大的。」優瑪誇張的做出驚嚇的表情。

「優瑪，如果我去一個很遠很遠的地方旅行，你應該不會不習慣吧！」胖酷伊心想，用這樣的方式離開應該是最好的，慢慢的等優瑪再長大一點，她就不再需要一個木偶陪伴了。

優瑪一臉驚訝的走向胖酷伊，摸摸他的頭、手和腳，說：「胖酷伊，你哪裡不對勁？想去旅行？」

「我想一個人去別的森林走走看看。」

「一個人？那我呢？你不要我陪嗎？是什麼原因讓你想去別的森林走走看看？你不再喜歡卡嘟里森林了嗎？」

「當然不是，我只是覺得我的世界好像太小了。」

「我的世界跟你的世界是一個樣子，我不覺得它小哇！」

「優瑪，這不一樣。」

「哪裡不一樣？」優瑪露出恍然大悟的神情：「哦，我明白了，胖酷伊。前陣子為了處理大尾巴怪獸事件，忽略你很久，對不對？不會了，胖酷伊，我現在有很多時間陪你。你想去哪裡，我都陪你去。」優瑪停頓了一下，神情緊張起來：「你是不是被大尾巴怪獸嚇傻了？」

「不是，不是這樣……」胖酷伊試圖解釋。

「我知道了，你想念檜木霧林，對不對？我們第一次去迷霧幻想湖時經過那裡，你說檜木唱歌呼喚你，那裡是你的家鄉。我們現在就去那裡。」優瑪語調輕快的說。「你快點通知吉奧、瓦歷和多米。」

優瑪看見胖酷伊還愣在原地，催促著：「快去呀！怎麼發起呆來了。」

「唉，事情不是這樣……」胖酷伊無奈的走出頭目書房，站在門口轉身對優瑪說：「你還是寫日記吧！我們哪兒也不去了。」

「日記什麼時候都可以寫呀！」優瑪闔起日記本，推著胖酷伊：「走吧！我們去森林走走。」

胖酷伊只能無奈的朝著吉奧、瓦歷和多米的家分別射出邀請的長矛。這是優瑪呼喚他們的訊號，胖酷伊總是能準確將長矛射到他們看得見的地方。

沒多久，吉奧響亮的口哨聲從部落小徑傳來；瓦歷口袋裡咔啦咔啦的核果碰撞聲在優瑪家庭院中響起。多米披著一件紅藍相間的披肩，顯得特別醒目亮眼。

「我們今天去郊遊吧！陪胖酷伊去檜木霧林散散心。」優瑪對站在庭院的副頭目們說。

「這時候去檜木霧林嗎？」吉奧苦笑起來：「我趁著爸爸不注意的時候溜出來的，我今天的工作是要割些牧草給小牛吃。」

「回程的路上我們可以幫你。」瓦歷說。「到森林走走也好，我太久沒有得到奇特的種子了。」

「要有奇特的樹才能有奇特的種子。」吉奧說：「卡嘟里森林裡還有你沒見過的奇特樹木嗎？」

「在森林的某處，一個我們都沒去過的地方。」瓦歷說。

「世界上還有比卡里卡里樹還要奇特的樹嗎？」吉奧想了想說：「我想是沒有了。」

「當然有啦！在卡嘟里山和卡達雅山交界處，長著一種叫做怪怪古卡的樹，它的種子被包覆在堅硬的果莢裡，成熟後果莢會爆開，然後發出古卡古卡的聲音，紫色的種子可以彈得非常非常遠。」胖酷伊不假思索的說：「很多動物和人都不敢靠近那裡。因為種子爆開的時候，就像子彈亂飛，打得人和動物滿頭包。就曾經有松鼠和猴子被打昏。」

所有的人都轉頭看著胖酷伊，露出驚訝的表情：「你怎麼會知道？」

胖酷伊意識到自己好像說溜嘴了，以前的胖酷伊似乎沒那麼聰明。他眨著眼睛支支吾吾的說：「我……我突然……突然間就知道了。」

「有人會突然間變聰明嗎？」多米質疑的望著胖酷伊。

優瑪走到胖酷伊面前，捧著他的臉懷疑的說：「你是不是被大尾巴怪獸抓走之後嚇醒，然後變聰明了？」

「我一直以來都很聰明。」胖酷伊說。

「我們不要去檜木霧林了，就去尋找怪怪古卡樹，好不好？這樣可以證明胖酷伊說的都是真的，到時候再來研究胖酷伊是怎麼變聰明的也不遲啊！」瓦歷的雙眼閃亮起來，整個人看起來既期待又興奮。

「前往怪怪古卡樹樹林的路非常難……」胖酷伊為難的說。

「這種樹真是太可愛了，用這樣的方式散播種子，同時保護自己的樹林。」瓦歷讚歎的說：「沒有人靠近就不會造成破壞，那麼這個族群就可以世世代代、生生不息。」

「你去過那裡？你什麼時候去的？我怎麼不知道？」優瑪很震驚。

胖酷伊心想，這下真是糟了，怎麼處理才不會讓他們懷疑呢？胖酷伊用力的眨了幾下眼睛，眼珠子轉了幾圈後說：「是大尾巴怪獸把我帶去那個地方的。」

優瑪恍然大悟的鬆了一口氣：「我就說嘛！你怎麼可能一個人跑到那種陌生的地方。」

「我們還是去檜木霧林走走好了。」優瑪看著胖酷伊說。

「我有個主意！」多米叫了起來：「既然要去檜木霧林，不如就繼續往下走，去迷霧幻想湖去瞧瞧新鄰居。」

「這樣會耽誤太久時間，我們家的小牛……」吉奧為難的說。

「我們回來的時候，會幫你割一大把的牧草，再送小牛一些香蕉當點心補償牠，怎麼樣？」多米提議說。

吉奧抓著頭，輕輕的皺了一下眉頭，心裡像想爸爸發現他又放下家裡的工作溜出去時大發脾氣的樣子。

「要快點出發了，否則天黑前趕不回來呢！」瓦歷催促著。

優瑪走進廚房拿了一些乾糧和烤地瓜裝進背袋裡，再走進雕刻室取下牆上的弓箭背在背上。準備妥當後，優瑪向坐在屋簷下織布的以前奶奶說：「姨婆，我們出門去了，天黑前就會回來。」

以前奶奶揮揮手，微笑著說：「去吧，去吧，孩子都應該進入森林和樹說說話。呵呵，以前的小孩都是這樣長大的。」

2 指撐天巨木

優瑪一行人爬上陡峭的石壁進入檜木霧林，濃霧瀰漫的景象不見了，檜木林裡一片清爽，幾道金黃色的光束穿過層層枝葉，照進陰暗潮溼的山徑，讓檜木林看起來像一個開心微笑的孩童。

「今天的檜木霧林看起來好明亮喔！」瓦歷用力的吸了一口氣。

「胖酷伊，你回家囉！」優瑪走到胖酷伊身邊，牽起他的手：「走吧！今天沒有霧，我們可以往上走。」

「平常這裡都被濃霧覆蓋，難得今天檜木霧林沒有霧。」吉奧說。

幾個人沿著緩坡緩緩往高處前進，穿越長著紅檜、扁柏、鐵杉和五葉松

的森林。

「卡嘟里森林是世界上最美的森林。你們看，連黑熊也同意這點。」瓦歷指著一棵鐵杉樹幹上的幾道直線抓痕說。

「我們什麼時候去卡嘟里山和卡達雅山交界處探險？」瓦歷突然問道。

「探險？哈哈，瓦歷，我光看你的眉毛就知道你現在滿腦子想的都是怪古卡樹的種子。」多米說。

「就去一趟嘛！反正我們都沒去過。」瓦歷不放棄。

「我才不要被那些種子打得滿頭包。」多米說：「除非你有一套戰士盔甲借給我。」

「那裡的地形真的很危險，不適合小孩子去。」胖酷伊說。

「胖酷伊，你說話的語氣好像老爺爺喔！」多米說。

「我說的是真的。」胖酷伊說。

一條深溝橫阻在大家面前，阻擋了優瑪他們的去路，深溝的對岸聳立著一棵需要二十幾個大人才能環抱的巨大檜木。筆直的樹幹頂端分岔長出五根樹枝，其中四根樹枝朝內彎曲，只有那根長得像人類食指的樹枝直挺挺的朝天空指去，整棵巨木看起來就像是巨人用充滿力量的手臂指向天空，那堅毅的氣勢，彷彿它從天地形成的剎那就已經存在了。

大家不禁仰著頭讚歎：「這是卡嘟里森林裡最大最美的檜木吧！」

「我們給這棵檜木取個名字吧！」多米提議。

「好主意，有了名字之後就可以成為地標。」吉奧附和。

「取什麼名字呢？」多米托著下巴思考起來：「叫……叫什麼好呢？」

「它看起來有五千年了吧？」瓦歷說：「夠老了。」

「你們看它的造型真的很奇特，我們叫它『一指撐天巨木』如何？它看起來像一棵充滿力量的神木。」優瑪說。

「好名字。『一指撐天巨木』很適合這棵檜木。」吉奧拍了一下手掌表示贊成。

「我也覺得是個好名字！」多米對著巨木說：「嘿，『一指撐天巨木』，你應該會喜歡這個名字吧。」

優瑪用右手掌托著下巴，望著大樹，微微的皺著眉頭說：「如果我可以在這棵大樹上任意的雕刻，要刻什麼才好呢？」

「你要先想辦法爬上去吧！」多米發出驚歎。

「是啊，怎麼爬上去是個大問題。」瓦歷也覺得難度很高。

「嘿，你們怎麼還在下面，我已經爬上去啦！」眨眼的工夫，優瑪已經在樹上大叫：「想像力，你們有點想像力好嗎？」

「哈哈。」吉奧笑了出來，優瑪就是優瑪。

「如果雕刻成一棟木屋，就棒呆了。」多米揮動雙手比畫著。

「可以雕刻出一道長長的樓梯，我們順著樓梯就可以爬到雲端。」吉奧仰頭看著樹梢說。

「可以雕刻成一棵種子，這麼大的一棵種子，會長出什麼？」瓦歷陶醉的說：「哇哈，肯定能長出一個世界。」

「我想雕刻——沙書優的人像。」優瑪喃喃說著：「他在我的心中是一個巨人。一直都是。」

「他在我們心中也是。」吉奧說。

氣氛忽然變得有點憂傷。

優瑪轉頭看看大家，感覺到氣氛有點怪，她眨了兩下眼睛後說：「如果可以雕刻這樣一棵大樹，那就真的太棒了。」

一直沒說話的胖酷伊，目不轉睛的望著身形巨大的檜木，他感覺自己的心猛烈的跳動，幾乎就要衝出胸膛了，他的身體微微的顫抖著，雙眼穿透樹皮望進樹幹中心，他看見他們在裡面，就在樹屋裡，神情優閒的享受許願精靈優哉自在的日子。

樹屋裡其中一隻精靈感覺不對勁，走到門邊，雙手交叉一揮，眼前出現一個透明小窗，他清清楚楚的看見優瑪和她的副頭目們正對著精靈之家品頭論足。

「這個小頭目，居然動我們精靈之家的主意。」

「她只是說說，不會真的那樣做。」

「那個木頭人看起來很不對勁。」

「他向來就不對勁。」

胖酷伊的身體抖得愈來愈厲害，他聽見精靈們在談論他，但是他們終究沒發現躲藏在胖酷伊身體裡的自己。

「胖酷伊，你怎麼了？」優瑪感覺到胖酷伊的不對勁。

胖酷伊眼睛溼潤了起來，六年了，他居然有六年沒回家了。這六年他是胖酷伊，是優瑪的胖酷伊，此刻依然也是。他站在家門口，卻進不了家門，因為他等待的最好時機還沒有來到。

「胖酷伊，胖酷伊。」

一直到優瑪叫他並且握住他的手，胖酷伊才回過神來，他看著優瑪：

「嗯，什麼事？」

「你哭了嗎？」優瑪擔憂極了：「胖酷伊，你為什麼哭呢？」

胖酷伊一把抹掉眼淚，說：「我沒有。」

「你別擔心，我不會真的雕刻這棵檜木的。」優瑪說。

胖酷伊甩開優瑪的手。「這裡太冷了！我受不了。」胖酷伊丟下這句話後，像跟誰賭氣似的自顧自的往下走。

「太冷？你是木頭人耶！過去幾年也沒聽你喊過冷啊！」優瑪對著胖酷伊的背影大聲叫：「嘿，胖酷伊！」

「今天一點也不冷啊！」瓦歷說。

「現在是夏天耶！」吉奧說。

「奇怪，他從來沒說過冷啊熱的，今天怎麼回事？」多米也疑惑。

「胖酷伊最近真的有點奇怪。」優瑪望著胖酷伊的背影擔憂的說。

大夥兒見胖酷伊這樣，也沒心情再逗留下去，加快腳步追上胖酷伊。今天是帶他出來散心的，卻反而惹得他心情低落。

「我們要回家還是去迷霧幻想湖探險呢？」多米問。

四個人同時看著胖酷伊，用眼神徵詢他的意見。

「你們幹麼這樣看著我？」胖酷伊覺得不知所措。

「如果你不想去，我們就回家。」優瑪說。

「大家都想去，那就去吧！」胖酷伊嘴裡這樣說，心裡卻哪裡也不想去。

於是大夥兒興高采烈的穿越檜木霧林往迷霧幻想湖走去。

「這個新鄰居到底長什麼樣子啊？」多米好奇極了。

「可能是一條大蟒蛇。」瓦歷壓低聲音說。

來到迷霧幻想湖，他們刻意躲藏在草叢裡，眼前的景象讓優瑪他們驚訝得瞠目結舌！

這裡真的是迷霧幻想湖嗎？眼前的湖水濃稠得像未稀釋的彩色顏料，包覆在樹幹上的苔蘚和松蘿不再是綠色的，而是紅橙黃綠藍靛紫，斑爛的色彩就像萬花筒般眩人眼目。地上的草也有不同的顏色，就連飄進迷霧幻想湖的霧也染上了色彩。

「這哪裡是迷霧幻想湖，根本就是個調色盤。」多米驚歎。

「新鄰居幹麼把一個好好的湖搞成這樣花不溜丟的？」吉奧說。

「一定是個瘋狂的人。」優瑪說。

胖酷伊冷靜的雙眼望著湖面，他察覺到不對勁，用堅決的口吻催促大家：「我們最好快點離開這裡。」

「什麼？我們才剛來！」優瑪叫了起來。

「就是啊，我們還沒看見湖裡有什麼奇怪的動物。」多米說。

多米的話才剛剛說完，森林四周的霧瞬間湧向湖心，彩色湖面上出現一座彩色的城堡，城堡上伸出幾支砲口，第一支砲口射出一團紅色的砲彈，一大灘的紅色顏料就打在優瑪的腳跟前，幾個人嚇得往後彈跳了幾步。

「快走，快走，他們發現我們了！」吉奧叫了出來。

「天哪！好可怕的新鄰居喔！」多米邊跑邊叫著。

幾個人拔腿狂奔。第二團紫色顏料降落在他們身後，幾滴顏料噴濺到他們的衣服上。

跑離迷霧幻想湖進入樹林裡，顏色炸彈沒有再射過來，幾個人跌坐在山徑上大口大口的喘著氣。

「看來，新鄰居不像迷霧堡主那樣友善好客。」吉奧說。

「他們不喜歡人類打擾。」優瑪說。

「我們四百年以後再去拜訪調色盤鄰居好了。」多米拍著胸脯。

瓦歷看著噴濺在衣服上的幾滴紫色圓點：「你們注意到沒有，這顏色在變化。」

那些小小的紫色圓點，一陣湧動之後，竟然長出小小的頭和四肢，變成小小人的模樣後，發出細微的尖叫聲，接著一路尖叫著跳下衣服，往迷霧幻想湖的方向狂奔而去。

幾個人再度受到驚嚇，他們從地上彈跳起來，彷彿受到螞蟻攻擊似的，猛拍身上的衣服。他們可不想讓那些小紫人躲藏在哪個口袋裡。

「呼！這是什麼東西呀？」吉奧覺得不可思議。

「如果不小心被那些顏料炸到，不知道會怎樣？」優瑪說。

「變成紫色怪人。」多米猜測。

「我們以後不要再來了，我們的新鄰居看起來脾氣火爆得很。」優瑪說：「他們用這種方式警告我們不要靠近。」

「嗯，不要再來了。」瓦歷也說。

優瑪一行人啟程回部落，他們安靜的走在山徑上，回想剛剛發生的一切。雖然嘴裡說著「再也不去了」，但是他們的好奇心已經像那些紫色小圓點，長出四肢和頭顱，朝著迷霧幻想湖狂奔而去了。

3 最好的時機

一早的陽光灑在卡嘟里森林裡，部落的石板屋頂閃著銀光回應著陽光的熱情。優瑪像平常一樣沿著部落小徑散步到卡里溪畔，胖酷伊跟在後面緩步走著。優瑪走下溪谷，選了一塊平坦的石頭坐下。她拿出一封寫好的信，在胖酷伊面前晃了兩下。

「我昨天晚上給沙書優寫了封信。你想聽嗎？」

胖酷伊點點頭，在優瑪旁邊坐下。

親愛的父親：

你最近好嗎？部落裡一切都好，不用擔心。一個月前發生了一件恐怖的大尾巴怪獸入侵事件，也順利解決了。你一定無法想像，居然有人發明了一隻機械獸，準備用在軍事戰爭上，他們計畫讓機器獸侵入敵方陣營，蒐集情報，甚至釋放出致命毒氣。更可怕的是，他們居然帶著這隻機械獸來到卡嘟里森林進行測試！機器獸還抓走以前奶奶和胖酷伊。還好，一切都結束了，以前奶奶和胖酷伊都平安回來。親愛的父親，你在哪裡呢？你是否曾經收過任何一封我寄到山頂的信呢？請用你的方式讓我知道好嗎？

想念你的女兒　優瑪

卡里溪嘩啦嘩的奔流著，一隻螃蟹從石頭底下鑽出，橫著走過水底，又鑽進另一顆石頭下，被弄濁的溪水很快又恢復清澈。

「請你幫我把這封信射到卡嘟里山山頂。」優瑪將信遞給胖酷伊。

胖酷伊把信綁在長矛尾端，朝著卡嘟里山山頂的方向射去，長矛飛過樹梢的時候，一群鳥兒受到驚嚇，拍翅飛起。

「你認為沙書優曾經收過我的信嗎？」

「我認為他收過。」

「我也認為他一定曾經走過山頂。」優瑪說：「但是，為什麼他走過山頂卻不下山看我們呢？」

「他可能有事要忙，分不開身回家。」

「我猜也是這樣。」

卡里溪嘩啦嘩啦響著，鳥兒們大聲的歌唱著，這些聲音讓四周環境顯得更為寧靜。胖酷伊看著優瑪舒服的躺在石頭上，閉著眼睛不知在想什麼，風吹起她的頭髮，看起來一副很優哉的模樣。現在是最好的時機了。

胖酷伊做了兩次深呼吸後，望著優瑪，表情認真的開口：「優瑪，我有件事想跟你說。」

優瑪坐起身來，脫下鞋子，將雙腳伸進溪水裡：「哇！好涼啊！」

「優瑪……」胖酷伊見優瑪不專心聽他說話，有點著急。

「說呀，我在聽。」優瑪晃動雙腳打起水花。

「我……其實……其實……」

「其實什麼？」

「其實我……我不是……不是胖酷伊……」

優瑪轉頭看著胖酷伊好一會兒，然後大笑起來：「哈哈哈，你不是胖酷伊，那你是誰呢？」

「我是……我是那個……」

「傻瓜，你當然是胖酷伊呀！」優瑪又笑了起來。

胖酷伊懊惱的用手蒙住臉：「我該怎麼說呢！」

優瑪站起身，光著腳丫子在石頭上跳來跳去，被她踩過的石頭上都留下黑色的溼腳印，當她腳上的水乾了，踩不出腳印了，她就將腳再伸進水裡沾水，繼續在石頭上跳躍，印出更多的腳印。

優瑪看著一個個腳印在陽光的曝曬下漸漸消失，她突然大叫起來：「哇哈！這個點子太棒了，胖酷伊你一定要聽聽。」

胖酷伊看著快樂的優瑪，心又痛起來，該怎麼做才能不奪走優瑪的快樂，而自己又能順利的回到精靈之家呢？

優瑪站在石頭上，比手畫腳的說著：「我要在這些石頭上刻下我的腳印，然後將這小段溪流取名為『過河』。太棒了，胖酷伊，你喜不喜歡這個點子？」

「嗯，喜歡。」胖酷伊隨口回應了一句。

胖酷伊的反應讓優瑪皺起了眉頭，她跳回胖酷伊面前問：「你不喜歡嗎？」

「不是，我喜歡，點子很棒。」

「從你的表情看來，我知道你不喜歡。」優瑪站起來，聳了一下肩膀，望著卡里溪上游說：「沒關係，偉大的藝術作品，不用理會別人喜歡不喜歡，人們只要去看去體會去感覺就可以了。他們可以喜歡也可以不喜歡。」

胖酷伊心事重重的看著自己的腳。六歲的優瑪用她小小的手雕刻出了這雙胖瘦不一的腿，以前還是胖酷伊的時候，他多麼不滿意這雙腿呀！但是現在看來，這雙腿是如此可愛又充滿趣味。

「胖酷伊，你今天怎麼了？」優瑪擔憂的望著胖酷伊，卻突然想起他剛才說過的奇怪的話。優瑪改用懷疑的眼神看著胖酷伊：「你剛剛說什麼？說你不是胖酷伊，這句話是什麼意思？」

「我亂說的啦！我當然是胖酷伊。」胖酷伊突然覺得此刻不是好時機了。

「我就說嘛！你當然是胖酷伊呀！別再說些奇奇怪怪的話了。走吧！我們該回去了。」

優瑪牽起胖酷伊的手，踏上部落小徑。胖酷伊感受著優瑪因為勤於雕刻而被木頭磨得有些粗糙的雙手，她的手很溫暖，很有力量，胖酷伊享受這樣的時刻，他知道這樣的時刻將來不會再有了。

夏雨背著背包，手上抱著一大束各式各樣的植物從山徑上走下來，他熱情的和優瑪打招呼：「嘿，小頭目。」

優瑪望著夏雨手上的植物擔憂的說：「你不會當這些是野菜吧！」

「當然不是，這些要做成標本，我要開始記錄卡嘟里森林的植物了。」夏雨說完，轉頭望著胖酷伊，他蹲下身，拉起胖酷伊的手自言自語的說：「奇怪，涼涼的，是塊木頭沒錯呀！怎麼會……」

「怎麼啦？胖酷伊哪裡不對勁呢？」優瑪問。

「真奇怪，真是奇怪。」夏雨直起腰桿，托著下巴對優瑪說：「幾天前我洗出一張胖酷伊的照片，我以為周邊有其他動物才會順便拍到胖酷伊，但是，我拿著放大鏡找來找去什麼動物也沒看見，連一隻攀木蜥蜴也沒有。照理說附近沒有其他動物，紅外線體溫偵測照相機是拍不到胖酷伊的。」

胖酷伊仰著頭，眼珠子在夏雨和優瑪的臉上轉來轉去，他的腦子也迅速的轉動著：「順著這個話題說清楚一切，現在就是最好的時機，說吧！解開夏雨的疑惑，胖酷伊不再是胖酷伊了，快告訴他們這個身體裡躲藏著一隻活靈活現的精靈，所以紅外線體溫偵測照相機才可以偵測到。」

「這一點也不奇怪呀！證明你的照相機的確非常精密，不僅可以拍出有體溫的動物，還可以拍出有思考能力的木頭人。」優瑪摸摸胖酷伊光滑的小腦袋說。

「其實，我是……」胖酷伊話還沒說出口，就被夏雨打斷了。

「我原來是猜想，胖酷伊的肚子裡可能住著一大堆蛀蟲……」夏雨說：「但是，這根本不可能啊！就算有蛀蟲，照相機也感應不到。」

「我肚子裡才沒有那些可怕的蛀蟲，我是……我其實是……」胖酷伊愈是急著想說明白，愈是結結巴巴起來。

「檜木是質地很硬的木材，蛀蟲不喜歡。」優瑪說。

「沒有蛀蟲是因為我保養得很好。」胖酷伊說。

夏雨用不確定的語氣隨口說著：「我也是這樣想，你們就當我大驚小怪好了。」

夏雨帶著一團疑惑走了，他走沒幾步，還回過頭來看了胖酷伊兩眼。

夏雨剛剛離開，巴那和雅羅就背著一大捆牧草，從小徑上方的叢林一路滑下來，他們因為煞停不及而驚聲呼叫，嚇得優瑪和胖酷伊同時回頭，剛好看到巴那和雅羅雙雙摔跌在小徑上。優瑪往回走，拉起他們兩個人。

「你們這麼懶，愛走捷徑，就落得這樣的下場吧，下次你們會摔斷脖子的。」優瑪責備的說。

「嘿，優瑪。」巴那的衣服經這一摔掀了起來，露出了肚臍眼，他趕緊把衣服給拉整齊。

「如果牧草不長在那麼遠的地方就好了。」雅羅說。

「牧草長在它該長的地方。」優瑪說。

「我們可以跟檜木精靈許願，讓牧草長在部落四周。」巴那說。

胖酷伊臉上出現痛苦的表情，心想：「噢，天哪！巴那，你的運氣也太好了吧！」他背過身去，將金黃色的光束射向樹幹再折射到部落。

胖酷伊用只有他自己才聽得到的聲音說：「卡嘟里卡嘟里第二十三號願望，砰！」

一道金黃色的光束形成一個大圓圈，繞著卡嘟里部落四周轉了兩圈後消失。茂盛的牧草像變魔術般的在部落四周竄長起來。

「你真是浪費願望，遇見檜木精靈是多麼難得的事，你居然許這樣微不足道的願望！」雅羅輕蔑的說：「如果是我，我就要許願讓我家的三隻母雞每天都可以下三顆雞蛋，這樣就天天有雞蛋吃。」

噢，天哪！可不可以不要再許願了？胖酷伊用力的皺起眉頭，輕聲的說：「卡嘟里卡嘟里第二十四號願望，砰！」

胖酷伊再一次將金黃色的光束射向樹幹再朝雅羅家的三隻母雞身上折射過去。三隻母雞彷彿觸電一般，拉長脖子，抖動身體，拍拍翅膀後，屁股後方滾出了三顆雞蛋。

不能再聽見其他的許願了，胖酷伊假裝追一隻蚱蜢離開了優瑪、巴那和雅羅。

回到部落，巴那和雅羅立即叫了起來：「噢，天哪！這裡什麼時候長滿了牧草？」

「是啊，我們那麼笨，還大老遠跑到山上去。」

「等一下。」巴那停頓一下，忽然想起什麼：「我記得出門的時候沒有看見這些牧草哇！」

「對呀！如果我們走過這裡，看見這麼漂亮的牧草都不停下來，我們不就是笨蛋嗎？」雅羅說。

「我記得巴那剛才說：『跟檜木精靈許願，讓牧草長在部落四周。』也許那時候剛好有檜木精靈經過。」優瑪說。

「不會那麼巧吧？」雅羅說。

「那我不是白白浪費了一個願望？」巴那一臉惋惜。

胖酷伊聽到這裡，暗自叫了一聲：「不妙。」馬上再往前快走，假裝追一隻青蛙。真的不能再聽見「許願」這兩個字了。

優瑪對著胖酷伊的背影喊：「胖酷伊，等我。」

「那時候沒見到檜木精靈啊！」巴那一臉疑惑。

「不用管那麼多啦！以後不用大老遠到山上割牧草，這是最棒的事了。」

優瑪邊說邊追上胖酷伊。

「真奇怪。」巴那努力想著重要的關鍵在哪裡，一副想弄清楚事實真相的模樣。

「真奇怪，到底是誰讓部落周圍長滿牧草呀？」優瑪不解的說：「胖酷伊，你知不知道？」

「我怎麼會知道！我只是一個木頭人。」胖酷伊隨口回答，說完繼續追著青蛙。

什麼時候才是最好的時機呢？剛才肯定不是。胖酷伊覺得好煩惱。

4 彩姑姑

優瑪在雕刻室裡雕刻，清脆的木槌敲擊聲充滿節奏的響著。

胖酷伊用竹管做了一個指環，他試著將指環套在手指上，大小剛剛好，他滿意極了，這樣就可以暫時控制願望被實現了。胖酷伊看了一眼坐在屋簷藤椅上打盹的以前奶奶，此刻她好夢正酣呢！胖酷伊有了一個好點子，他走到以前奶奶面前，帶著一絲詭異的微笑望著她。

以前奶奶的夢裡。

檜木精靈蹦蹦跳跳來到她的面前，說要送她一個願望。

「說吧！以前奶奶，你已經那麼老了，我可以送你一個願望。」

「我從來就不需要願望。何況我那麼老了，不需要了。」以前奶奶對著檜木精靈揮揮手說。

「一個人不管活到幾歲，都需要願望的。說吧！我今天一定要送你一個願望。」檜木精靈說。

「以前哪！不需要願望來成就，就有很美好的事情呢！以前的部落很美麗的。」

「現在的部落也很美麗呀，快點許願吧！以前奶奶。」

「我以前沒有願望，現在當然也不需要啦！」

檜木精靈望著固執的以前奶奶，突然生起氣來：「從來沒有人可以拒絕許願精靈！」

以前奶奶一臉無辜的望著眼前這個奇怪的傢伙，嘴裡喃喃自語著：「不許願不行嗎？」

「你真讓我傷心！以前奶奶。拜託你許個願望好嗎？」檜木精靈近乎懇求的說：「我真的想送你一個願望當作告別的禮物。」

「告別的禮物？我認識你嗎？」以前奶奶不解的看著眼前這個頭頂上長著樹枝的小矮人。

「你當然認識我呀！我們一起生活了六年。」

「有嗎？奇怪，我根本沒見過你。」

「求求你，以前奶奶，你就許一個願望嘛！」

看見檜木精靈傷心失望的臉，以前奶奶於心不忍的說：「好吧！我就許一個願望好了。」

檜木精靈的眼睛瞬間閃亮起來：「好哇！你許什麼願望呢？」

「就讓天空該下雨的時候下雨吧！」

檜木精靈一臉迷惑。他看著天空，天空一直都這樣的呀！該下雨的時候就下雨呀！

為了不讓檜木精靈追著要第二個願望，以前奶奶慌張的跑出庭院，檜木精靈發現了，也追了上去：「那個願望不算啦！再許一個。」

以前奶奶眼看躲不掉了，停下腳步對檜木精靈說：「那我就許願，希望我的體力能夠變好一點。我最近光是走到地瓜田挖幾顆地瓜就累得不得了。

我許願讓我每一天都充滿活力。」

「這就對了，沒問題。卡嘟里卡嘟里第二十五號願望，砰！」檜木精靈的右手食指朝著以前奶奶射出一道金黃色的光束，一圈金黃色的光束繞著以前奶奶轉了幾圈後消失。

以前奶奶從夢中醒過來，茫然的坐在椅子上，一時片刻還無法分辨真實與夢境。

她看見胖酷伊對她微笑著，庭院旁樹上的鳥兒們吱吱喳喳的叫著，以前奶奶漸漸回過神來。她攏了攏頭髮，緩緩的站起身，對胖酷伊說：「我作了一個奇怪的夢呢！打個瞌睡也能作夢。」

胖酷伊笑著問：「你喜歡那個夢嗎？」

「夢就像很古老很古老的神話故事，少女會長出翅膀，飛越幾個山頭去尋找情郎；老鷹會叼走被丟棄的嬰兒，偷偷撫養長大。我以前從來沒有作過這樣有趣的夢，頭上長著樹枝的小矮人跟我說話，還要送我願望！呵呵，很有趣的夢。我以前從來沒有作過這樣的夢呢！呵呵，真有趣。」以前奶奶面帶微笑的說。

完成了以前奶奶的願望後，胖酷伊重新將指環套在食指上，他必須封指，阻止力量射出去。同時他也下定決心，只要聽到「許願」兩個字，就立刻把耳朵摀起來。

太陽把卡嘟里部落的石板屋頂烘烤得暖乎乎，以前奶奶將倉庫裡的芋頭乾拿到庭院矮牆上的石板曬著。

吉奧、瓦歷和多米走進優瑪家庭院，和以前奶奶打了招呼後直接往雕刻室走去。

優瑪正在一塊大木板上畫著圖樣。

「優瑪，你想刻什麼？」吉奧問。

「這是大尾巴怪獸。」優瑪說。「我要紀念大尾巴怪獸入侵事件，等沙書優回來的時候，我的作品會告訴他這一年來部落發生的所有事情。」

「這件事的確值得記錄。」吉奧說。

「你們今天怎麼有空過來呢？吉奧，你田裡的工作都做完了嗎？」

「是多米和瓦歷把我從田裡拉過來的。我家田裡的活兒，做到我八十歲都還做不完呢！」吉奧說。

「優瑪，我們去一趟迷霧幻想湖好不好？」多米說。

優瑪抬起頭，訝異的問：「不是說再也不去了嗎？」

「你們知道嗎？從迷霧幻想湖回來之後，我就睡不好，一躺下就有一堆彩色的色塊在眼前飛來飛去，就算睡著了，作的也全是彩色的夢。」

「我也一樣，不過，我夢見的是彩色的森林，各種顏色的種子在冒芽。」瓦歷說。

「也許我們可以站在遠一點的地方偷看，不要被發現。」吉奧說。

優瑪放下手上的斧頭，看了一眼屋外的陽光，邊拍身上的木屑邊說：「我們不用偷偷去，我們正式去拜訪新鄰居。迷霧堡主離開前告訴我們會有新鄰居搬來，所以這不是祕密，我們就去做一次禮貌性的正式拜訪。」

「拜訪？那要準備禮物嗎？」多米問。

「當然要準備禮物。」優瑪說：「但是，要送什麼禮物呢？」

「誰知道他需要什麼？喜歡什麼？」瓦歷說。

「部落裡有什麼特產？」優瑪問。

「小米酒、小米糕、番薯、石板、優瑪木雕。」吉奧數著指頭。

「那就送兩瓶以前奶奶釀的小米酒吧。」優瑪說。

優瑪來到以前奶奶身邊，幫忙把曝曬的芋頭撥得均勻一些：「姨婆，我們要去迷霧幻想湖，需要兩瓶小米酒當禮物。」

「去迷霧幻想湖？」

「是啊，」優瑪調皮的在以前奶奶耳朵邊說：「我們想去拜訪新鄰居。」

「以前哪，我們去拜訪鄰居也是帶瓶小米酒去的。呵呵，去到鄰居家，就坐在屋簷下，看著山，喝著小米酒，那種日子真是快樂呀！」

「現在也是這樣啊，以前奶奶。」瓦歷笑著說。

以前奶奶從廚房抱出兩甕小米酒：「我能不能跟你們一起去呀？我也好久沒有去拜訪鄰居了。」

啊？已經很老的以前奶奶也想一起去？優瑪和副頭目們簡直不敢相信自己的耳朵！

「姨婆，如果你一起去，天黑之前我們可能趕不回來！」優瑪為難的說。

「是啊！路程很遠哪！你能走那麼遠的路嗎？」吉奧擔憂的說。

「以前我都沒問題的呀！」以前奶奶肯定的說。

「以前是因為你還年輕嘛！」多米小聲的咕噥。

為了不讓以前奶奶失望，優瑪決定帶以前奶奶一起去，萬一她走不動了，大夥兒就折返回部落。

上路之後，優瑪他們才知道自己的擔憂是多餘的。穿越黃楊樹林的時候，以前奶奶簡直健步如飛，優瑪他們必須用小快步才趕得上。

「以前奶奶怎麼了？她是不是吃了什麼仙丹？」多米喘著氣問。

「希望她不是在逞強。」瓦歷說。

優瑪也很驚訝以前奶奶的改變。

「那樣子不像是逞強，你看她的手還放在背後，她散步的時候就是那個樣子。」優瑪說完，小跑步來到以前奶奶身旁，和她並排走著：「姨婆，你之前走路好像沒這麼快，你今天體力很好喔！」

以前奶奶揮了揮手，不以為然的說：「我以前就是這樣子的，以前哪，我可以背著三十公斤的木材橫越兩座山呢！」

「以前是你年輕啊。」優瑪說。

「胡說！我以前就是這樣。」以前奶奶非常堅持己見。

胖酷伊抱著兩甕酒走在最後，他看著以前奶奶的背影，心裡頗滿意自己送出去的願望。但是一想到自己即將面對的難題，他就完全提不起勁來。

一路經過碎石子路、乾涸溪床、再穿越芒草小徑，以前奶奶臉不紅氣不喘的走在最前面。接著來到檜木霧林前的陡峭石壁，以前奶奶彷彿壁虎一般靈巧，毫不猶豫的爬上石壁，讓優瑪和副頭目們看得目瞪口呆！

「以前奶奶一定是蜘蛛精變的。」多米說。

「別胡說了。」吉奧說。

「優瑪，你回想一下，以前奶奶早上吃了什麼？是不是吃了很特別的食物？」瓦歷問。

「沒有什麼問題，我和她吃一樣的東西，一碗小米粥、一顆烤地瓜和一片豬肉乾，就這樣。」優瑪說。

「那就神奇了。」多米相當不解。

幾個人跟著七手八腳的爬上石壁。

檜木霧林像以往一樣被濃霧籠罩。

胖酷伊朝著一指撐天巨木的方向望了一眼，感覺胸口有一點痛痛的。精靈之家就在不遠的地方，但是回家的時機還沒到。

接近迷霧幻想湖時，優瑪他們放慢了腳步，悄悄從叢林的縫隙，觀察湖面的情況。

被一片綠林包圍著的彩色湖泊，寧靜得像一幅美麗的圖畫，一片被風吹到湖面上的樹葉，隨波漂搖了幾秒鐘後，漸漸被色彩吞噬，一眨眼，就再也追尋不到它的蹤跡了。

「沒什麼動靜。」吉奧說。

「我們要不要過去？」多米問。

「既然來了，當然要過去。何況我們是來做禮貌拜訪的。」優瑪說。

「看起來暫時沒有危險，城堡和彩色砲彈都沒有出現。」瓦歷仔細觀察著湖面說。

「應該沒問題。」吉奧附和。

「我們在怕什麼？那些砲彈只不過是一些顏料。」優瑪說。

「那些可不是普通的顏料。」胖酷伊說。

「但看起來也不像是危險的顏料。」吉奧說。

「我們悄悄的接近，危險來了，拔腿就跑，如何？」多米提議。

「我們是來拜訪的呀！不需要這樣鬼鬼祟祟，我現在要正大光明的走出去，發出拜訪吶喊……」

優瑪話還沒有說完，撲通！撲通！嘩啦啦！對岸突然掀起一波巨浪，一路捲過湖心，往優瑪他們的方向席捲而來，他們拔腿想逃的時候，已經來不及了，高高捲起的鮮豔大浪朝他們的頭頂蓋了下去。他們連喊叫的機會都沒有，便淹沒在一大片濃稠的彩色顏料裡。

彩色巨浪很快退回湖裡，但是，優瑪、副頭目們、以前奶奶和胖酷伊身上的顏色一點也沒有褪去，他們全變成彩色人了。

多米搓著身上的顏色，卻怎麼也搓不掉，彷彿它們從很久以前就在那裡一樣。

「我這樣回部落，肯定會把我媽和我奶奶嚇死。」多米說。

「完了，完了，我變成怪物了！」瓦歷發出哀號聲。

「以前……以前……」以前奶奶看著自己的彩色雙手，嚇得說不出話來。

一陣清脆爽朗的笑聲從湖心像漣漪一般的往外擴散，在湖畔迴蕩著。一艘七彩小舟從湖裡升起來，一個穿著緊身七彩衣的人坐在小舟上，划著彩色的槳，緩緩向岸邊靠近。

「哈哈哈，希望你們喜歡我的歡迎儀式，哈哈哈，看見你們穿著迷霧七彩湖的制服，我真是太高興了呀！哈哈哈。」小舟上的人神采飛揚的說著。

「我們這一身色彩是制服？」多米一臉嫌惡的看著自己的衣服。

「迷霧七彩湖？換了主人就立刻換名字了。」吉奧說。

「歡迎你們蒞臨七彩湖。」小舟上的人對他們揮舞著雙手說：「我知道你們會再來。」

「你知道我們會來？」瓦歷驚訝的問。他覺得迷霧家族的人其實和神仙一樣能夠預知未來。

「小孩子的好奇心就像陽光一樣，熱情永不滅。」小舟上的人說。

「迷霧幻想湖前住戶迷霧堡主說過會有新鄰居搬來，所以，我們今天正式來拜訪。」優瑪說。

小舟來到岸邊。優瑪等人終於看清楚這個人的長相。她是個模樣年輕的女人，身體圓滾滾胖嘟嘟，四肢卻相當細瘦，肩膀上那件紅底黑點的披肩，讓她看起來活像一隻色彩斑斕的大瓢蟲。她調整了一下披肩，笑咪咪的跳下小舟，頭上兩條彩色的辮子跟著甩出幾滴彩色顏料。

以前奶奶在湖邊蹲下來，雙手捧起一些彩色湖水，湖水立刻變化成彩色小人站在以前奶奶的手上跳舞，以前奶奶見狀，開心得呵呵笑。

「為什麼以前沒見過你呀？」以前奶奶問。

「老太太，我們的小不點喜歡你，特地為你表演的。」小舟上的人說。

瓦歷目不轉睛的看著這個怪異的女人，心裡猜想她的原形可能是一隻大瓢蟲，他不假思索的問：「大瓢蟲，你的原形是大瓢蟲嗎？」

那人身上的顏色色調一下子暗了下來，她看起來很不高興：「你看吧，小孩子的好奇心可以創造世界也可以摧毀世界。」她又拉了一下披肩，身上的顏色回到原先的亮度，她說：「什麼大瓢蟲？大家都叫我彩姑姑。」

優瑪從胖酷伊手上接過兩甕酒，遞給彩姑姑：「彩姑姑，這是小禮物，希望你會喜歡。」

「禮物？哈哈，我最喜歡禮物了。」彩姑姑打量著陶甕好奇的問：「這是什麼呢？」

「是小米酒，以前奶奶釀的小米酒。」優瑪說。

「小米酒？」彩姑姑第一次聽到這個名字。

「用小米釀的酒，釀酒的時候要唱歌，這樣你品嘗它的時候，就會有快樂的感覺。」優瑪解釋著。

「快樂的感覺？哈，這神奇了，一定要嘗嘗。」彩姑姑一屁股坐在湖岸邊的草地上：「你們也坐下來呀，我真高興有人來拜訪，有人聊天真好。」

優瑪和其他人也坐了下來。彩姑姑拆開酒甕封口，濃郁的酒香立即竄了出來，彩姑姑拿起酒甕喝了一口，滿意的猛點頭：「真好喝，真好喝呀！」接著又連續喝了幾口。

「你們也喝呀！」彩姑姑拆開另一甕酒，示意他們也一起喝。優瑪將酒甕遞給以前奶奶喝了一口，自己也喝了一口，再遞給多米傳下去，每個人都喝了一小口。

「彩姑姑，前幾天我們來的時候，你為什麼要用顏料炸彈攻擊我們呢？」多米問。

「那是標準程序，你們不要介意。」彩姑姑說完這句話，又喝了一大口，她身上的顏色開始產生變化，所有的顏色慢慢變成紅色，圓臉也變得紅通通。她笑著說：「那只是和第一次蒞臨迷霧七彩湖的人或者動物開一個大玩笑。哈哈哈，好玩而已，我喜歡看他們被顏料炸彈攻擊之後的反應。哈哈哈，那簡直就要把我給笑死了，大多數人都像你們一樣拔腿就跑。曾經有一隻猴子……哈哈哈……那隻猴子……笑死我了……哈哈哈，他變成一隻彩色猴子後，嚇到不能動，就像雕像一樣在湖岸邊動也不動的站了三天，直到我叫那些顏料滾開，猴子才飛也似的逃走。」

彩姑姑說得口沫橫飛，不斷從嘴裡飛濺出彩色的唾液，那些唾液掉在草地上，變身為小彩人，醉酒般的搖擺身子，歪歪倒倒的往湖中走去。

彩姑姑指著地上的彩色圓點說：「他們可不是單純的顏料喔，他們是彩色小不點，我管理他們。他們總是想逃，但是啊，哈哈哈，總是逃不出我的手掌心。」

彩姑姑又喝了幾口，她一邊喝一邊讚歎：「真是好酒哇！我從來沒有喝過這麼好喝的東西。」

「她好像喝多了，醉了。」瓦歷小聲說。

「彩姑姑，我忘了告訴你，小米酒不能喝太多，會醉的。」優瑪說。

「醉？醉了會怎樣？」彩姑姑繼續喝。

「醉了就會開始胡言亂語、神智不清、把祕密都告訴別人。」吉奧說。

「我才不會把祕密告訴別人，我也不會胡言亂語。」彩姑姑搖搖晃晃的站起來，「奇怪，地怎麼不見了？地不見了。哈哈哈，地不見了！」

優瑪和多米向前扶住她。

優瑪說：「地沒有不見，是你喝太多酒，頭暈。」

彩姑姑開始跳舞，她高舉雙手轉起圈圈，嘴裡哼著優瑪他們沒聽過的小調。彩姑姑拉著優瑪的手，語意不清的說：「我們來跳舞，我們來跳舞。」

「彩姑姑喝醉了。」瓦歷搖搖頭。

「趁她還沒醉倒，請她收回我們身上的彩色衣吧！我可不想這副模樣回部落。」吉奧焦慮的說。

「彩姑姑，我們得回去了，請收回我們身上的彩色制服。」優瑪說。

彩姑姑雙眼通紅，身上的七彩衣已經變成紅色，模樣滑稽，站也站不穩。她說：「既然你們不喜歡，我就統統收回來。」彩姑姑大喝一聲：「去。」

優瑪幾個人身上的顏料開始往腳邊流動。

「天哪！天空轉得好厲害呀！」彩姑姑終於醉倒了。

那些褪下的顏料，瞬間化成幾百個彩色小矮人，將躺在草地上的彩姑姑抬起來，放到小舟上，幾百雙小手划動小舟，直到進入湖心。

「她都沒告訴我們這些顏料是做什麼用的。」多米說。

「肯定不是用來畫圖的。」吉奧說。

「彩姑姑是大瓢蟲嗎？」瓦歷還在想這個問題。

「看起來很像，但是，她不會那麼笨吧？直接把自己打扮成大瓢蟲昭告世界？」吉奧說。

5 精靈會議

今天，住在檜木霧林精靈之家的精靈很不開心，他們不知道怎麼收拾這樣的局面。

被實現的願望像掉落的樹葉一樣多，這是怎麼回事？

是誰讓願望實現？

被實現的願望集中在卡嘟里部落。

這嚴重違反許願精靈守則第三條：願望不能圖利人類。

對待願望不能這樣輕率。

一定是失蹤的三號精靈回來了。

我們得把他找出來，要他停止。

這是精靈家族的大事，得把扁柏精靈請過來。

沒多久，七個扁柏精靈全來了。

這是檜木精靈和扁柏精靈的第二聚會。

第一次聚會是在六年前，為了失蹤的檜木精靈而召開的。他們懷疑失蹤的精靈是被綁架了，否則怎麼可能無緣無故的失蹤？討論持續了一天一夜，最終還是沒有結論，留下了精靈界有史以來最大的謎團。

這次精靈聚會又是因為什麼事呢？扁柏精靈疑惑的看著檜木精靈。

我們必須同心協力尋找失蹤的三號檜木精靈。

只可惜許願精靈的神奇力量無法用在自己身上。

必要時得逼他現身。

怎麼逼？

得先了解他為什麼不肯回家。
不知道他在哪裡，怎麼了解？
他一直逗留在在卡嘟里森林，因為願望不斷被實現。
用方法逼他出來。
對，逼他出來。
怎麼逼？
我們是無所不知無所不能的精靈，我們自己許願。
我們不能破壞森林的秩序。
那該怎麼做才能逼他現身？
他一直待在卡嘟里部落，我們只好對部落下手了。
這樣做會不會太卑鄙？
願望，是森林不可或缺的東西，
檜木精靈讓森林充滿希望，
扁柏精靈讓森林充滿變數，
扁柏精靈的存在是為了不讓願望氾濫，也考驗許願者的智慧。

我們這麼做是為了維持精靈世界的秩序。

檜木精靈和扁柏精靈一來一往的討論著。

幾個小時之後，終於討論出幾個方法。檜木精靈和扁柏精靈都很滿意，非常肯定這方法一定能把失蹤的檜木精靈逼出來。

被實現的願望像掉落的樹葉一樣多，

這是不被允許的。

許願精靈做出了這樣的結論。

6

來自檜木霧林的嚴重警告

清晨，空氣涼颼颼的，卡嘟里部落族人醒來，準備進行每天例行的工作，除草、耕作、打獵、織布、散步，還有望著遠山發呆。但是今天，他們睜開眼睛的時候，卻什麼也看不見，整個世界被濃霧籠罩，伸手不見五指，連想喝杯水都得像瞎子一般，憑著印象在桌上東摸西摸才摸得到杯子，再亂摸一陣才找到茶壺，將水倒進杯子裡還花了好大功夫。

這是怎麼回事啊？

天哪！我的眼睛看不見啦！

許多年沒有出現過這樣大的霧了。

上次出現這樣的霧是十六年前。

也許到了中午太陽出來後霧就會散了。

是啊，霧很快就過去了。

優瑪起床的時候，也被這突如其來的怪異濃霧嚇一跳，她摸索著來到以前奶奶房間。

「姨婆，你在哪裡？你還好嗎？」

「我的眼睛看不見啦！」以前奶奶坐在床上傷心的說。

「你的眼睛沒有問題，是霧，很濃很濃的霧。」

「以前從來沒有發生過這樣的事啊！」

「這霧看起來很奇怪。」優瑪說：「姨婆，霧很濃，你還是繼續睡一會兒，哪裡也不要去，太危險了。」

以前奶奶再度躺了下來，優瑪幫她把棉被蓋好後，摸索著離開房間。

「胖酷伊？」

「我在這兒。」

「你看得見嗎?」

「當然看得見!」

胖酷伊伸手握住優瑪的手，牽著她走到庭院。

「霧這麼濃，就算射出長矛，副頭目們也看不到。」

「你在這兒等著，我去帶他們過來。」胖酷伊說。

不知等了多久，胖酷伊終於把吉奧、瓦歷和多米帶來了。

「這霧也太詭異了。」吉奧說。

「看起來好像一輩子都不會散去的樣子。」多米沮喪的說。

「如果以後的卡嘟里森林都是這樣，那該怎麼辦?」瓦歷好擔心。

「那就好玩了，我們可以去請教新鄰居彩姑姑，怎麼做才可以把霧上色，然後每天玩色彩，一點也不會無聊。」多米無奈的開著玩笑。

「這霧讓我覺得不安，好像有什麼東西在霧裡作怪。」吉奧說。

「有誰可以在這麼濃的霧裡行走自如呢?」優瑪說:「除了胖酷伊。」

聽到這句話，胖酷伊突然間怔住了!他的眼珠子轉了幾圈，瞬間恍然大悟——這霧是衝著自己來的。

「不會又有什麼奇怪的人想利用這濃霧把奇怪的動物放進卡嘟里森林吧？」多米說。

多米這句話讓大家想起一個月前的「大尾巴怪獸」事件。

「在卡嘟里森林，沒有什麼事是不可能發生的。」吉奧說：「我們還是提高警覺，畢竟這樣的霧實在少見。」

「是啊！就連阿通都會變成冠羽畫眉了，森林裡如果出現吃人的『霧人』一點也不奇怪。」多米說。

瓦歷的臉漲得通紅，他尷尬的說：「那次之後，他已經不抓鳥了，現在跟著夏雨博士做研究。」

「到底是誰讓阿通畫眉變回人類的呢？」吉奧問。

「我爸說，他看見一道金黃色的強光朝自己射過來。」瓦歷說。

「肯定是檜木精靈。」多米說：「包括大尾巴怪獸，牠在爆炸前被制伏，一定也是檜木精靈出手相助。」

「為什麼我們需要幫助的時候，就會得到幫助呢？」優瑪相當不解。

「那是因為天神和祖靈的保佑。」瓦歷說：「我爸爸也這麼認為。」

「唉喲！是誰踩到我的腳？」多米突然大叫起來。

「噢，對不起，坐太久了，我只是想起來活動一下。」吉奧連忙道歉。

「希望天神繼續保佑，讓霧快快散去。」多米祈禱著：「否則，我們這樣跟瞎子沒有兩樣。」

胖酷伊神情凝重的透過濃霧望著優瑪四人，他們看起來非常的不安，但因為與朋友在一起，不安的神情中反而帶著幾分踏實感。如果自己趁這濃霧離開，從此消失在他們的生活裡，他們會怎麼樣呢？胖酷伊搖搖頭，這真是一個爛點子，優瑪和副頭目們肯定會放下所有工作四處去找尋他。

這霧是針對他來的，胖酷伊非常篤定，但是，他還在等待最好的時機——他真的在等待最好的時機嗎？還是只是拖延的藉口？胖酷伊拿不定主意，他覺得自己像掛在樹上的桃子，並不想離開，但是風雨正不斷的逼迫他，想把他打下枝頭。

族人們期待中午太陽出來後霧就會散去，往常都是這樣的。但是，到了中午，濃霧像趕不走的客人一般，依然滯留在卡嘟里部落。

就這樣，濃霧連續兩天籠罩著部落。這兩天，卡嘟里部落裡人人足不出戶，除了家人誰也碰觸不到其他人；他們也不敢生火煮飯，只好吃著家裡剩下的食物和貯存的芋頭乾，焦慮不安的等待濃霧散去。他們甚至產生錯覺，以為自己是整個宇宙中唯一的生物。

第三天，族人們醒來，濃霧依舊。大家沮喪到極點，幾乎要以為往後的世界就是這樣了。每個人都有一肚子的話想說，但是看不見其他人，也不確定誰在身邊，只好不斷的思考將來該如何在濃霧當中生活下去，一想到將來連小米發芽都看不到，心情又沮喪起來。

到了第四天中午，陽光終於穿透雲霧，照耀著卡嘟里部落，濃霧總算慢慢散去。

族人們終於可以看見森林、看見藍天和雲、看見小鳥在飛翔、看見其他族人在微笑……所有人都貪婪的看著這重新充滿色彩的世界。

短短三天，感覺卻彷彿已離鄉三十年。他們滿心歡喜的看著生活了幾十年的部落，熱情的擁抱著家人。

霧散去了，胖酷伊並沒有因此而放下心來，他知道他們不會這樣就停止。

果然，森林和部落裡又發生奇怪的事。

只長在卡嘟里山和卡達雅山交界處的怪怪古卡樹，居然將整個部落團團圍住，樹上那些包覆在拳頭大的堅硬果夾裡，大拇指般大小的種子，爆開後四處彈射，毫無預警的打在人的身上，就連牛、狗、雞、鴨也都不放過。

卡嘟里部落一整天發出古卡古卡的聲音，聽得大家的腦袋發脹。大家只好繼續躲在家裡。但是，種子仍敲打著窗戶、門板和屋頂，吵得他們睡不著覺；非得出門的族人只好把籮筐套在頭上，保護腦袋和臉部不被種子打傷。

整件事中最興奮的莫過於瓦歷了，他的每個口袋都塞滿了怪怪古卡樹的種子。

「這下子稱你的心、如你的意了吧，你不用大老遠跋山涉水去卡嘟里山和卡達雅山交界，就能見識到這怪樹。」多米故意調侃瓦歷。

瓦歷從口袋裡拿出一把紫色的種子，頗得意的說：「你們看，我撿了很多。」

「瓦歷，我拜託你，千萬別在部落種這玩意。」優瑪指著額頭上的大腫包說：「你看我的額頭。」

「怪怪古卡樹，真的很可愛……」瓦歷話還沒說完，就被一顆飛進屋裡的種子打中臉頰。

「很可愛是吧，就種在你房間好了。」多米繼續調侃。

胖酷伊皺著眉頭，緊抿嘴脣，沉默的把玩著手上的種子。

「是誰有能力召喚濃霧，還可以搬移怪怪古卡樹？」優瑪提出疑問。

「誰知道森林深處藏著什麼有超能力的古怪傢伙。」多米說。

「族人們已經抱怨連連，他們認為卡嘟里森林被惡魔下了詛咒。」優瑪憂心的說。

胖酷伊皺起了眉頭，嘴角向下彎垂著。他知道，是精靈在逼他現身。如果他再不出面，精靈會採取更激烈的手段逼迫他，直到他現身為止。這些事不會造成太大的傷害，但是會讓族人們感到害怕，讓優瑪憂愁，他知道，他得說明一切了。

怪怪古卡樹在部落裡作怪了三天後就消失了。

大家才剛剛回到正常的生活軌道，又發生了一件詭異的事。

族人們起床後走出家門，發現家門口都被一棵中型的檜木堵住。檜木怎麼會走路呢？檜木居然會走路！族人都覺得好害怕！他們發現更可怕的還在後頭，所有的檜木都在走動，整天走來走去，讓卡嘟里森林無時無刻都轟隆作響，吵得大家夜不安眠，日不安心。

有獵人因為移動的樹改變了山徑，在山上了迷路，也找不到回家的路。瓦拉說，這些樹看起來沒有惡意，因為有一棵樹行走的時候刻意繞過他的小米田。

雅格也說，樹刻意停下等他和小狗經過才繼續走。

大家隱約明白這些移動的樹目的是在警告，但是又不明白它們想告誡人們什麼？

7 心碎的告白

優瑪站在天神的禮物平台上俯瞰部落。這裡是整個部落最好的位置，可以看見部落每一戶人家，甚至部落小徑上誰正在走路也看得一清二楚。雅格背著一簍剛採收的芋頭走在小徑上，他的背後跟著一棵粗壯的檜木，他邊走邊回頭罵著一些什麼，但是檜木依然一路跟著。

「唉，這些檜木到底想說什麼呢？他們這樣做一定是想傳達什麼，因為他們不會說話，只好這樣做，要我們去猜。」優瑪把雙臂抱在胸前無可奈何的說。

胖酷伊憂傷的望著優瑪，他很肯定現在就是最好的時機了。

「胖酷伊，你也是檜木，你說說看，它們為什麼要這樣做呢？」

胖酷伊張開嘴巴想說話，卻感覺到喉嚨緊緊的，心裡酸酸的。

「也許它們正在警告我們，森林裡有災難要發生了。還是外族人準備進入卡嘟里森林砍伐檜木，他們很緊張想逃走呢？這樣亂猜一通也不是辦法，到底該怎麼辦呢？」優瑪又抓起自己的頭髮：「胖酷伊，把副頭目們請過來，大家一起商量吧。」

「優瑪，不用請副頭目們過來，我有話跟你說。」胖酷伊終於鬆開了緊緊鎖住的喉嚨：「我知道是誰召喚了霧、移動了樹。」

「你知道？」優瑪催促著說：「你快說說看。」

「是許願精靈做的，他們這樣做是為了逼出失蹤的三號檜木精靈。」胖酷伊冷靜的說。

「失蹤的三號檜木精靈？」優瑪不明白。

「六年前，有一隻檜木精靈在森林裡失蹤了。」

優瑪訝異極了：「他們以為我們綁架了失蹤的精靈，用這種方式逼我們交出來嗎？」

「不是。他們曉得失蹤的精靈不願意回家，才採取這樣激烈的手段。」

「失蹤的精靈在卡嘟里部落裡嗎？」

「是的。他一直住在部落裡。」

「他一直住在部落裡？為什麼我們都不知道呢？」

「因為他不是以檜木精靈的樣子住在部落裡。」

「精靈……為什麼不願意回家呢？」

優瑪臉上的表情變了，她看著毫不遲疑回答每一個問題的胖酷伊，察覺到些微的不對勁。

「因為住在部落裡的精靈和族人建立了很深厚的感情，他捨不得離開。」

「精靈不能和人類建立深厚的感情嗎？」優瑪的聲音也變了。

「不行。精靈不能和任何生物建立感情，那樣違反精靈守則。」

「為什麼？」

「因為這樣一來，他就有了私心，會將許多願望送給人類，這違反精靈守則。」

「你剛剛說，這個精靈一直住在卡嘟里部落？」

「對，一直住在卡嘟里部落。」

「那麼，我一定認識他，是嗎？」優瑪覺得鼻子開始發酸。

「認識。」

「我們很熟嗎？」優瑪的眼眶紅了。

「很熟。」

「熟得像什麼？」優瑪的喉嚨變得好緊。

胖酷伊停頓了一下，說：「熟得像兄弟。」

「胖酷伊，為什麼你知道得這麼清楚？」

胖酷伊遲疑了一下，然後艱難的開口：「因為，我就是失蹤的三號檜木精靈。」

「你不要開這種玩笑。」優瑪故作鎮定的說：「不可能！你怎麼可能是失蹤的檜木精靈？你是我六歲時雕刻的木雕小勇士，你是胖酷伊。」

「我是胖酷伊，也是檜木精靈。」

「你不是！」優瑪慌了，她大叫起來：「你不要亂說話，我不喜歡聽！」

胖酷伊不理會優瑪，開始憂傷的說起六年前的往事：

六年前，我經過一棵檜木樹下，看見一根奇特的粗壯樹枝上有一個螺旋狀的小洞，我一時覺得好玩，決定鑽進去睡個午覺。你知道的，風把樹枝吹得晃啊晃的，很舒服。我睡得很熟，突然間吹來一陣怪風，吹斷了我午睡的那根樹枝。樹枝後從高處墜下，我因為睡著了沒有提防，跟著樹枝一起摔了下去，頭部受到重創，失去了記憶。

樹枝後來順著卡里溪漂到部落，被你撿到，你用它雕刻了一個小勇士，然後隨口許願，剛巧被路過的檜木精靈聽見，於是我就藉由胖酷伊的身體甦醒過來，但是醒過來的三號精靈遺失了他的記憶。這六年的時間裡，胖酷伊不知道自己就是檜木精靈，只覺得自己是優瑪的胖酷伊。不久之前，大尾巴怪獸把我抓走，瘋狂的把我丟向樹幹，強勁的撞擊力，把我給摔醒了。

優瑪紅著眼眶看著胖酷伊：「現在三號檜木精靈醒過來了，那我的胖酷伊呢？」

胖酷伊看著優瑪，停頓了好一會兒才說：「如果不是大怪獸把我摔醒，我會一輩子和你一起生活。但是，我即將離開這個木雕，那麼胖酷伊就只是胖酷伊木離了。」

「你不要離開，那麼你永遠都是我的胖酷伊呀！」優瑪期待的說。

「檜木精靈發動所有的檜木在森林裡走動，意圖製造混亂逼我回家。」胖酷伊說：「就算他們沒有這樣做，我也打算離開。」

「你要離開我和卡嘟里部落嗎？」

「我不屬於這裡。」

「我們一起生活了六年，每一天都過得很快樂不是嗎？胖酷伊，你屬於這裡。」優瑪哽咽了。

風停止了，樹梢上的鳥兒也安靜了，松鼠高舉的尾巴許久都忘了放下，牠們揪緊著心，悲傷的氣氛將整個卡嘟里森林給凍住了。每一個生物，包括每一片葉子，都屏氣凝神的聽著這段讓人心碎的對話。

一隻蜜蜂飛過胖酷伊面前，胖酷伊伸手輕輕一抓，就把蜜蜂抓在手上。胖酷伊看看優瑪，優瑪也看著胖酷伊，優瑪明白這是胖酷伊要讓她知道他的確是檜木精靈，因為以前的胖酷伊除了飛鼠和山豬，其他什麼也抓不到。

胖酷伊鬆開拳頭，蜜蜂愣了一下，又飛走了。

優瑪回想起這些日子所發生的怪異事情：小女巫巫佳佳莫名其妙的活過來；恐怖的大尾巴怪獸遭到莫名的力量制伏；被扁柏精靈變成冠羽畫眉的阿通在最關鍵時刻又變回人類……部落需要幫助的時候，就會得到幫助。還有胖酷伊這陣子奇怪的言行，都證明了他其實就是檜木精靈。但是，優瑪仍然不願意相信擺在眼前的事實。

「我不要你走。」優瑪懇求著。

「我非走不可。」

「你是我的胖酷伊。」

「不是了。我是檜木精靈。」

「我不管，我不要失去胖酷伊。」

「我可以讓胖酷伊木雕變成真正的小勇士。」

「不，那已經不一樣了。」

胖酷伊檜木精靈痛苦的流下淚來。

「你不能帶走我和胖酷伊的未來。」

「你和胖酷伊六年來珍貴的記憶就像卡嘟里森林一樣，將永遠青翠。」

「不，沒有了，一旦胖酷伊離開，所有的記憶都會被痛苦所取代，枯萎得像腐朽的落葉。」優瑪悲痛的說著。

「優瑪，你不要這樣。沙書優說過：『樹懂得要強壯自己，才能讓鳥兒歇腳，讓蟲兒啃食樹葉、讓孩子攀爬、讓強風吹不倒。身為一個頭目，要先強壯自己，把自己變成一個強壯的人。』優瑪，不要忘記，你已經是個強壯的人了。」

「我不是，我也不要變成一個強壯的人。這不公平，我所愛的人一個個離開我，然後要我變成一個強壯的人。這不公平！我寧願自己是一個膽小懦弱又怕事的人，讓我所愛的人都留在我身邊。」

胖酷伊無奈的看著優瑪，再也找不到適當的話語來安慰她。

優瑪也看著胖酷伊。她從來沒有想過，胖酷伊有一天會離開她。

「你真的是檜木精靈。」

「我真的是。」

「所以你不再修整自己的手腳，不再喜歡抓山豬和飛鼠。」

胖酷伊點點頭。

「因為你是檜木精靈，所以巫佳佳木雕才變成真正的小女巫、大尾巴怪獸可以變成一堆廢鐵、阿通可以從冠羽畫眉變回人。」

胖酷伊再度點點頭。

「因為你是檜木精靈，所以你非離開不可？」

胖酷伊依然只點點頭。

風輕輕的、輕輕的吹動樹葉，企圖帶走濃濃的離愁，卻將悲傷的氣氛吹往森林其他地方，就連卡里溪裡游動的魚蝦，也感受到令人心痛的離別，擔心游動時激起的水花會驚動兩人脆弱的心。牠們安靜的待在石縫裡，等待悲傷過去。

「不要走。」優瑪的雙眼盈滿淚水：「一定有方法可以讓你留下來，告訴我該怎麼辦，就算要我放棄雕刻，我都願意。」

「優瑪，不要為任何事放棄你喜愛的雕刻。」胖酷伊說：「精靈是不能跟任何生物建立感情的。」

「這六年來我們朝夕相處，你已經是我的兄弟了呀！已經建立起來的感情，可以就這樣輕易丟掉嗎？」

「優瑪，我會把這段回憶珍藏起來。」

優瑪抓起胖酷伊的手，緊緊的抓著：「我不讓你走。」

「我得走了。」胖酷伊輕易的就掙脫了優瑪的手。

「你就這樣走掉，不跟副頭目們告別嗎？」

「生命就是這樣，有歡聚就會有別離。他們會明白的。」

「我們以後都不會再見面了嗎？」兩行眼淚滑下優瑪的臉頰。

「是的，優瑪，我們以後都不會再見面了。從今以後，我們的世界就不一樣了。」

優瑪眼看無法說服胖酷伊，悲傷的哭了起來。胖酷伊也跟著掉下眼淚。

「優瑪，你許願吧！我要送你一個願望。」

「我許願，讓我的胖酷伊永遠留在我身邊，永遠是我的兄弟。」

「你不能對檜木精靈許願要精靈永遠留在你身邊，那是無效的願望。」

「一切都無法挽回了，是嗎？」優瑪幾乎要絕望了。

風終於再度吹過森林，松鼠和鳥兒也繼續活動，卡里溪的魚兒也游出石縫，牠們試圖讓森林看起來一點也沒變。

他是一個精靈，一個精靈啊！胖酷伊只能收拾起悲傷的情緒，看著哭泣的優瑪，他想安慰她，但是他不行。

胖酷伊狠下心說：「再見了，優瑪。有一天，你會和大樹一樣強壯的。」

優瑪搖頭吶喊著：「我不要和大樹一樣強壯，我只要我的胖酷伊留下！」

「優瑪，你的願望永遠有效，當你想許願時，只要對著檜木霧林的方向大聲許願，我會聽到的。」

「胖酷伊，留下來陪我最後一個夜晚。可以嗎？」優瑪懇求著。

「優瑪……」胖酷伊顯得有點為難，那些檜木還在森林裡走動，自己不現身，那些樹是不會停下來的呀！

「胖酷伊，至少陪我和以前奶奶還有副頭目們吃一頓晚餐。明天天亮之後你再離開。好嗎？」

看著優瑪憂傷的臉，胖酷伊實在不忍心拒絕，他只好點點頭。

優瑪伸出手，胖酷伊伸手握住。他們牽著手，沉默的走下岩石山，心裡都清楚的知道，這樣的時刻，明天之後將不會再有了。

6

最後的晚餐

從岩石山回家之後，優瑪雕刻了三枝百步蛇樣式的別緻長矛。胖酷伊接過優瑪遞過來的長矛，這是他最後一次幫優瑪邀請三位副頭目過來，她精心雕刻這些長矛，是想給他們三個人收藏吧！

胖酷伊站在院子中央，分別朝著吉奧、瓦歷和多米家的方向準確的扔出長矛。

優瑪告訴以前奶奶，晚上要請副頭目們吃飯，之後便陷入沉默裡。胖酷伊在一旁安靜的看著優瑪，他想說些什麼，又覺得該說的其實都說完了，還能說什麼呢？但是，優瑪的樣子讓他很擔心。

吉奧、瓦歷和多米幾乎同一個時間到達優瑪家。他們不約而同把雕刻著百步蛇圖案的長矛帶過來。

「優瑪，你真有閒情逸致，連長矛都雕刻得那麼漂亮。」多米說。

吉奧把三枝長矛收在一起遞給胖酷伊：「我們拿回來還給你，你下次可以再用，收到這麼漂亮的『邀請』，心情很好呢！」吉奧說。

「這三枝長矛你們自己收藏起來，以後不會再用到了。」優瑪冷冷的說。

「以後不會再用到了？這話是什麼意思？」多米不解的問。

「意思是，只有請客吃飯的時候，才用這麼漂亮的長矛吧。」瓦歷說：「優瑪，你的意思是說以後不再請客了嗎？」

吉奧發現優瑪的不對勁：「胖酷伊，優瑪怎麼了？你們吵架了嗎？」

胖酷伊不知所措的傻笑起來：「沒有，我們沒有吵架。」

「胖酷伊，你看起來也怪怪的。」瓦歷說。

多米突然抓起胖酷伊的手，興奮的叫了起來：「胖酷伊，你什麼時候做了這麼酷的竹戒指？你開始愛打扮啦？」多米指著胖酷伊的手指說。

胖酷伊忙不迭的將手抽回來，尷尬的說：「只是好玩罷了。」

優瑪在廚房幫忙生火，架起鍋子煮玉米排骨湯。吉奧、瓦歷和多米則在庭院用石塊架起小灶，上頭鋪了扁平的石板，烤著山豬肉。

以前奶奶抱著從菜園裡摘來的蔬菜穿過庭院時，喃喃自語的說：「以前哪！家裡每天都會有人來吃飯的。以前只要有客人來，我都會準備清蒸鮮魚，但是以前的溪裡有很多魚，現在的溪裡沒看見了。」

「以前奶奶，溪裡還是有很多魚啦，只是我們沒有去抓。」多米說：「今天沒有魚沒關係，有番薯餅就可以了。」

廚房的爐子上正滾著玉米排骨湯，以前奶奶則蹲在炭火旁調整竹筒飯的位置。

大家安靜的準備著晚餐。胖酷伊則若有所思的坐在庭院裡的木頭堆上，一會兒看著優瑪和副頭目們；一會兒看著仍在部落裡走動的檜木；有時又低垂著頭；有時忽然嘆氣。

三隻大冠鷲安靜無聲的在部落上空盤旋。

「今天的氣氛真怪，優瑪可能有什麼大事情要宣布。」多米猜測今天聚會的目的。

飯桌上擺滿了豐盛的食物，香味四溢的竹筒飯、滋滋作響還冒著油煙的烤山豬肉、剛剛煎好的番薯餅、兩碟清甜的燙蔬菜，還有一鍋熱騰騰的玉米排骨湯。

「優瑪，你今天為了什麼事找我們過來？快告訴我們。」多米邊吃著番薯餅邊問。她最喜歡以前奶奶做的番薯餅了。

「先吃飯吧，吃飽了，我們出去看星星，看一整晚的星星。」優瑪說，她的臉色看起來很蒼白。

「優瑪，你怎麼了？你看起來不太舒服。」吉奧關心的問。

優瑪勉強擠出一點笑容：「我沒有不舒服。」

胖酷伊拿起筷子，夾了一塊山豬肉放在優瑪的碗裡：「優瑪，你要多吃一點。」

優瑪看了一眼胖酷伊，突然情緒崩潰的大哭起來。

所有人都嚇了一跳。

「優瑪，發生什麼事了？」多米輕聲的問。

優瑪邊哭邊說：「今天找你們來是為了替胖酷伊送行，讓你們跟胖酷伊告別的。」

「送行？胖酷伊你要去哪裡？」吉奧驚訝的問。

「你要離開卡嘟里森林嗎？」瓦歷也放下碗筷。

「胖酷伊，急死人了，你快告訴我們你到底要去哪裡？」多米催促著。

胖酷伊臉色沉重的看著大家，再看看優瑪，優瑪仍低聲啜泣著。

以前奶奶看著胖酷伊：「以前的人只要出遠門，背包裡一定會有小米糕和芋頭乾。要不要我幫你準備一些小米糕讓你帶著在路上吃？」

胖酷伊看著以前奶奶，強忍著內心的悲傷說：「不用了，以前奶奶。我不需要吃東西。」

胖酷伊看著大家，臉上露出堅決的表情：「我要離開了，回到屬於我的地方。」

「屬於你的地方？除了這裡還有哪裡？」多米不解的問。

胖酷伊再說了一次他是如何鑽進檜木樹洞裡午睡、摔暈了腦袋，忘記自己是檜木精靈，以胖酷伊的身分在部落裡生活了六年，以及他如何因為大尾巴怪獸而想起自己真正的身份是失蹤的三號檜木精靈。

吉奧、瓦歷和多米三個人聽完驚訝的從椅子上彈跳起來，異口同聲的叫了起來：「你是檜木精靈？」

飯桌上一片安靜，只有以前奶奶若無其事的繼續吃著飯。

吉奧、瓦歷和多米三個人受到太大的驚嚇，一時間無法回神。

「所以你才把手指頭給封起來。因為你允諾的願望太多了。」多米這才恍然大悟。

胖酷伊點點頭。

「大尾巴怪獸沒有爆炸，也是你的傑作？」吉奧問。

胖酷伊又點點頭。

「我爸爸從鳥變回人類，也是你幫的忙？」瓦歷問。

胖酷伊再次點點頭。

「就算你是檜木精靈，也不需要離開呀。胖酷伊，我發誓絕對不會對你許願。」多米說。

「我也是。」吉奧和瓦歷齊聲說。

「我非離開不可。其他精靈已經發出最後通牒了。那些濃霧、怪怪古卡樹和不斷走來走去的檜木，就是他們逼我回去的方式。」胖酷伊說。

「沒關係，我寧願在濃霧中像瞎子那樣走路、忍受檜木在部落裡走來走去，我也不要失去你。」多米激動的說。

「接下來還會出現什麼，我也不知道。」胖酷伊說：「我一定得回去，森林才是我的家，其他許願精靈是我的夥伴。」

一桌子豐盛的晚餐，再也沒有人有心情去品嘗。他們的味覺、嗅覺、所有的感官全都在品嘗酸酸澀澀又苦苦的離愁滋味。

以前奶奶也感染了離別的氣氛，放下碗筷，眼光落在胖酷伊的臉上，伸出皺巴巴的手，拍了他兩下，然後離開餐桌，邊走邊喃喃說著：「生命就是這樣子，從以前到現在都是這樣，生、離、死、別，都是這樣子的。有一天你們像我這樣老的時候，就會明白！」

「這是我們最後的晚餐嗎？」吉奧說。

「就算我們用鐵鍊把你綁起來也留不住你，對不對？」瓦歷說。

胖酷伊點點頭說：「沒有任何東西可以困住許願精靈。」

「感情呢？感情可不可以困住你？」優瑪問。

胖酷伊不敢正視優瑪銳利的眼神，他垂下眼，好一會兒才回答：「感情已經困住我了，優瑪。」胖酷伊說：「這一個多月，我很煎熬也很痛苦。」

大家又沉默下來。還能說什麼呢？說得再多也留不住胖酷伊。

飯後，他們全坐在庭院的矮牆上看著星星。今天的星星多到讓天空看起來非常擁擠，星星們彷彿說好了似的，一起出來觀看卡嘟里部落這場令人心碎的離別。

胖酷伊，就這樣陪我們看一整晚的星星吧！

在黑暗中，他們偷偷的掉淚，偷偷的擦掉。天亮之後，胖酷伊將不再是胖酷伊，而是檜木精靈了。

離別為什麼這樣讓人心痛！

「今晚的天空顯得特別低。」

「星星太多了，把天空拉沉下來。」瓦歷說。

多米高舉雙手說：「好像伸手就可以把星星收攏在一起，好想帶回家。」

「你要那麼多星星做什麼？」吉奧問。

「繡在衣服上，一定美麗極了。」多米陶醉的說。

「胖酷伊，你記不記得我們被困在冰凍死城，就要冷死的時候，你點燃自己的手指頭，想燃燒自己給我們取暖的那件事？」吉奧問。

「記得。當時我只想到，如果你們全都冷死了，留下我一個木頭人，我的生命也會失去意義。」胖酷伊回憶著。

「我們寧願冷死也不願意失去你。」優瑪補充說明。

「如果我們能夠永遠這樣互相陪伴下去，不知道有多好。」多米說。

大家沉默了下來。青蛙嘓嘓嘓的叫聲填補了靜默的片刻。

「胖酷伊是檜木精靈這件事，也許山豬最高興了，他們一定會熱鬧舉辦慶祝大會，慶祝抓山豬好手胖酷伊從此隱遁山林，不問山豬與飛鼠閒事。」吉奧說。

「胖酷伊，你可不可以有時候給我們寫寫信，就用長矛寄信給我們，就像以前一樣？」瓦歷問。

「恐怕不能那樣做了。」胖酷伊說。

「我記得有一次，你射來的長矛剛好落在我們吃飯的餐桌上，我爸爸正好要夾菜，長矛把他其中一根筷子釘在餐桌上，嚇得我爸爸從椅子跌下去，爬起來之後破口大罵，叫我們不要再使用長矛這種危險的東西。」吉奧笑著說出這段往事。

「我記得我們請胖酷伊送信給迷霧堡主，結果胖酷伊不會游泳，被湖裡的翹尾巴小水怪嚇得逃上岸來。哈哈，笑死我了，木頭人根本就不會下沉的嘛！」多米說。

大家都笑了起來，胖酷伊想起那次的糗模樣，也笑了出來。只有優瑪，臉上始終掛著憂傷。她悶不吭聲，擔心自己只要一開口，悲傷就會像洪水一樣奔流而出。她不想用哭泣來道別，她希望自己永遠記住這最後相處的時刻。

兩顆流星一前一後彷彿競賽般的劃過的夜空，吉奧、瓦歷和多米驚呼：

「是流星！」

胖酷伊趁著他們全都抬頭看著流星的時候，悄悄彎下身子，化成一道金黃色的光束從肚臍眼鑽出，穿過胖酷伊木雕和優瑪手臂間的縫隙，在四個人的身後變成金黃色的球體，接著又變成樹形小矮人。他小心的將胖酷伊木雕扶正，安靜的望著四人的背影好一會兒，輕輕的彈跳兩下，然後閉上眼睛，流著淚轉身消失在黑暗中。

夜很深，星星已經西移到山頭，沒多久就要天亮了。

「胖酷伊，以後我們想你的時候，就這樣看著星星，當你看著星星，就知道我們正在想你。」多米說。

胖酷伊沒有回答。

過了很久，胖酷伊仍然沒有回答。

優瑪回頭看向坐在身旁的胖酷伊，吉奧、瓦歷、多米也轉過頭來，傻乎乎的胖酷伊木雕動也不動的望著前方。

胖酷伊已經離開了。

四個人繼續看著星空，看著遠方變成濃黑剪影的遠山，慢慢消化那難以下嚥的離別與悲傷。

9

忙個不停的優瑪

一顆金黃色的球蹦蹦跳跳來到一指撐天巨木前，在彈跳間變化成樹形小矮人，頭上頂著一根小檜木枝葉，上頭掛著一顆毬果，小矮人搖了兩下枝葉，毬果彈向巨木，再「咚」的一聲彈回枝葉上。樹幹上的門緩緩打開，小矮人走進樹幹裡，身後的門又緩緩關上。

精靈之家裡的七隻扁柏精靈和四隻檜木精靈看著胖酷伊精靈，彷彿正等著他似的。

這麼多年來你去了哪裡？

我失去記憶變成木頭人胖酷伊。

當你醒來後為什麼不立刻回來？

他們是我的朋友，我得和他們一一道別。

許願精靈不能和人類談感情，有了感情就會徇私。

你和那個小女孩建立了太深厚的感情。

我試著將他們遺忘並將記憶深藏。

你送出太多願望，違反精靈守則。

我知道。

你將被處罰。

我接受處罰。

你三年不能送出願望。

我同意，但是請再保留一個願望，我承諾了優瑪。

既然已經承諾就不能失信。

謝謝你們。

你盡量不要出門，免得別人見到你向你許願。

我知道了，我盡量不要出門。

精靈們看著胖酷伊檜木精靈。

我們只有編號，你卻有了名字。

是，我現在的名字是胖酷伊檜木精靈，你們也可以有自己的名字。

我們必須討論一下，許願精靈到底需不需要名字。

精靈全都長一個模樣，不需要名字。

雖然我們自己知道誰是誰，還是需要一個名字。

我們從來沒有取過名字。

編號就是我們的名字。

誰來幫我們取名字？

編號只是數字，不是名字。

精靈們熱烈的討論著，外頭的濃霧漫過高大的一指撐天巨木，胖酷伊精靈朝外頭湧動的霧看了一眼，臉上閃過一抹淡淡的憂傷，他的眼睛已經穿透濃霧和叢林，看見優瑪失去胖酷伊之後充滿沮喪與落寞的生活。

優瑪整個上午都在劈柴，劈完柴立刻又去卡里溪撿拾漂流木；接著又去苧麻林砍了一大捆苧麻，分送給需要與不需要的族人；黃昏的時候，優瑪去小米田拔草、趕鳥；天黑了就躲在雕刻室雕刻，一整天，獨來獨往，一句話也不說。

這天，天剛剛亮，優瑪已經起床，吃過早餐也劈完柴後，她跑過部落小徑，一一拜訪了吉奧、多米和瓦歷的家。

「部落裡有好多事等著我們去做，往岩石山的山徑被大雨沖壞了，我們得去修一修；烏娜婆婆家的柵欄腐壞倒塌了，我們要幫她修一修；還有成年禮就快到了，我們要召開會議分配工作；另外，我們要幫帕克里家的小牛補充一些牧草；還有……」

「優瑪，你是怎麼變出那麼多事的？」多米說。

「不是變出來的，事情發生了，就在那裡，我看見了。」優瑪說。

副頭目們明白是怎麼回事，卻都不願意說破。他們跟著部落年輕人一起修復山徑和柵欄，還砍了苧麻。

忙了一整天，星星早已撒遍天際，優瑪一臉疲倦的坐在雕刻室，目光呆滯的看著面前的一塊圓柱形木頭。她從來沒有像此刻這樣，腦子裡一片空白，沒有一丁點創作靈感。

她感覺自己像極了一座取名為「靈魂出走」的木雕作品，是雕刻室裡的擺設品之一。她的靈魂已經跟著胖酷伊走了。優瑪動也不想動一下，她覺得這樣比較符合「靈魂出走」木雕作品的特性。

森林深處傳來山羌的嗥叫，以及貓頭鷹的叫聲。幾隻狗的吠叫聲，讓優瑪從木雕的想像中醒過來。她嘆了一口氣，起身離開雕刻室，站在庭院仰頭看著星星。

「今天的夜空真燦爛！胖酷伊，你說是不是？」優瑪讚歎的說，她輕輕的呼出一口氣：「你現在在哪裡呢？是不是也在想念我們？。」

優瑪回到房間躺上床，胖酷伊木雕就擺在優瑪的床前，優瑪翻了一個身，看見傻乎乎的胖酷伊木雕，她跳下床，對著木雕吼叫起來：「你什麼也不是，只是一塊木頭，你不應該待在這裡。」

優瑪一把抓起胖酷伊木雕，往雕刻室走去，她將胖酷伊擺在雕刻室最裡面的角落，還把胖酷伊的臉朝著牆壁。優瑪回到房間爬上床，翻來覆去睡不著。她又跳下床，走進雕刻室，抱起胖酷伊回到房間，放回床頭的位置，然後爬上床，躺下。沒多久，她又爬起來，神情落寞的看著胖酷伊。

第二天，山的輪廓在晨光中剛剛現出剪影，優瑪抱著胖酷伊走過岩石山，來到楓樹林，她用腳撥開厚厚的枯葉，將胖酷伊木雕埋進枯葉堆裡。優瑪靜靜的看了一會兒，她充滿憤怒的目光彷彿能穿透層層的枯葉，瞪著咧大嘴傻笑的胖酷伊。

「再見，胖酷伊，你不要我，我也不要你了。」

優瑪拔腿奔離楓樹林。經過天神的禮物平台時，優瑪想起胖酷伊就是在那裡告訴她，胖酷伊不再是胖酷伊，而是檜木精靈。優瑪用力的甩甩頭，想甩掉痛苦的記憶。她跑下山，卻在山徑上重重的摔了一跤。她坐在山徑上將臉埋進兩膝之間，久久都沒有抬起來。

優瑪衣服上沾滿了汙泥，神情落寞的走進庭院。以前奶奶蹲在太陽下曬著菜乾，她抬頭看了優瑪一眼，看著她走進雕刻室，幾秒鐘後又衝出來，朝森林的方向奔去。

「胖酷伊。」優瑪大喊。

「這孩子怎麼回事！以前從來沒見過她這個樣子。」以前奶奶自言自語的說著。

優瑪跑過部落小徑，跑上岩石山，一路跑到楓樹林，她在剛才埋下胖酷伊的地方跪了下來，兩隻手快速的撥開枯葉。

「胖酷伊，對不起，我不是有意把你丟在這裡，我來帶你回家了。」

優瑪撥開楓葉直到露出土黃色的泥土，卻找不到胖酷伊，她記得剛剛明明是把他埋在這裡的呀！優瑪慌張起來，她換了一個地方再度掃開樹葉。也不在那裡！

優瑪慌了，發瘋似的將整片楓葉林的枯葉全撥開，仍然不見胖酷伊。

胖酷伊呢？胖酷伊呢？胖酷伊呢？

才兩個小時的時間，就有人發現樹葉堆裡藏著木雕嗎？會不會是胖酷伊自己跑走了呢？

優瑪慌張的在楓樹林四周繞來繞去，希望是自己記錯掩埋地點，更希望自己沒有做出把胖酷伊木雕丟到楓樹林的這種蠢事。

最後優瑪失落的回到家。

她整天待在雕刻室，刻了一個又一個大大小小的胖酷伊木雕，沒有一個作品令優瑪滿意。她的雕刻技法成熟了，再也無法雕刻出一模一樣樸拙又傻乎乎的胖酷伊。優瑪明白這點，但是她的手就是停不下來。

大大小小的胖酷伊木雕橫七豎八的躺在雕刻室及庭院，以前奶奶懷裡抱著兩隻小雞，小心跨過木雕，來到雕刻室門口，笑咪咪的對著優瑪展示兩隻毛茸茸的黃色小雞。

「優瑪，你看，是小雞！烏娜家的母雞孵出九隻小雞，她送我兩隻，多可愛呀！」

優瑪抬頭看了一眼，又低下頭來繼續雕刻。

「好久沒照顧小雞了，得好好給牠們取個名字。你說取什麼名字好呢？優瑪。」

優瑪彷彿沒聽見似的，繼續雕刻。

以前奶奶見優瑪沒有反應，嘟嘟噥噥的往廚房走去：「叫什麼名字好呢？以前的雞都叫咕咕咕。」

胖酷伊離開之後，優瑪的確變得很不對勁，但是，以前奶奶依然保持平靜的態度和優瑪一起生活，沒有說「不要太傷心」這類不著邊際的話。她明白沒有不癒合的傷口，痛有時候是好事，是成長的過程，以前的孩子都是這樣長大的。這個時候，她最需要的應該是朋友吧。

以前奶奶安頓好兩隻小雞後，走出庭院，朝吉奧家的方向走去。

不久後，吉奧、瓦歷和多米站在優瑪家庭院，望著散置一地、大大小小的胖酷伊木雕，臉上的表情彷彿看見地上裂開了一個大洞。

「糟了，怎麼辦？優瑪看起來快要瘋了。」瓦歷擔憂的說。

「優瑪，你在做什麼呀？幹麼刻這麼多胖酷伊？」多米尖著聲音問。

「我把胖酷伊弄丟了。」優瑪淡淡的說。

「弄丟了？」吉奧表情詫異的問。

「你把他當柴燒啦？」多米盯著優瑪，緊張的等著答案。

「不是。昨天，我把他埋在楓樹林的樹葉堆裡，經過一個上午，我回去找的時候，胖酷伊已經不見了。」優瑪放下雕刻刀，痛苦的用雙手摀住臉。

「優瑪，我們陪你去一趟楓樹林，這麼多人一起找，也許可以找回來。」吉奧冷靜的說。

「現在趕快去！」瓦歷趕忙走出雕刻室，他擔心再不快點找到胖酷伊，優瑪下一秒鐘可能就要崩潰了。

幾個人匆匆忙忙來到楓樹林，展開大規模的搜尋。

「嘿，你們幾個在找什麼呀？」夏雨爽朗的聲音在楓樹林響起。

幾個人紛紛抬頭看著夏雨。

「你有沒有撿到我的胖酷伊？」優瑪充滿期待的問。

「胖酷伊……他不是……」夏雨小心翼翼的回答。他昨天才從阿通那裡得知，原來胖酷伊是檜木精靈，他不得不離開胖酷伊木雕回到森林裡去，而胖酷伊就變回原來的木雕，這件事讓優瑪傷心極了。照理說，胖酷伊木雕現在應該待在優瑪家裡，為什麼優瑪在四處找尋呢？難不成胖酷伊木雕離家出走了嗎？

「我把他埋在楓樹林的樹葉堆裡，才過幾個小時，再回來找，已經不見了。」優瑪沮喪的說。

「這樣啊。」夏雨用腳撥開地上的落葉，認真的找尋著什麼蛛絲馬跡。

「這裡我已經找過了。」多米說。

「我們幾乎可以數出來這裡有多少片落葉了，還是找不到。」瓦歷說。

「一定是被人拿走了。」吉奧說。

「也許帶走胖酷伊的人會留下什麼線索。」夏雨繼續察看四周的落葉。

10 進入湖心

幾個人翻遍了楓樹林，就在幾乎要放棄的時候，優瑪發現一棵楓樹的樹幹上，有幾滴像唾液般細小的彩色圓點。

「你們看看這裡。」

夏雨和副頭目們蹲下來將眼睛貼近樹幹仔細的瞧，夏雨用手指點了一下綠色小點，拿到鼻尖上聞。「有一點青草的香氣。這種顏料很少見，是做什麼用的呢？」

優瑪和副頭目們立刻想起剛剛搬進迷霧幻想湖的新鄰居彩姑姑。

優瑪說：「我知道這些顏料哪裡來的。迷霧幻想湖的迷霧堡主離開之後，

搬來一個奇怪的鄰居，我和副頭目們偷偷去看過，幻想湖變成七彩湖，還看見一個自稱彩姑姑的人在划船，濺上岸的彩色水珠會長出手和腳然後跳回湖裡。這些顏色很有可能是他們留下來的。大概是因為太小滴了，不夠長出手腳走回家。」

夏雨瞪大眼睛，驚訝得張著嘴巴，久久都合不攏，有那麼幾秒鐘的時間，他以為在聽夢幻的童話故事。

「那我們試著將這些小水滴集合在一起，看看會怎樣？」夏雨說著完便伸手將彩色顏料一滴一滴的黏在一起。

「不要！」優瑪、吉奧、瓦歷和多米大叫起來。

但是已經來不及了，就在大家驚訝的眼神中，大水滴伸出小頭、眼睛、鼻子、嘴巴，接著手腳也伸展開來，看了大家一眼，露出喜悅的表情，一邊尖叫一邊半蹲，然後像青蛙一般彈跳到另一棵樹上，那棵樹瞬間變成一棵花不溜丟的彩色樹。在綠色叢林中顯得非常耀眼。

夏雨連忙按住胸口：「天哪！還好不是跳到我身上。」

「忘了提醒你，千萬要小心這些小不點。」吉奧說。

「它們不會傷害你，但是會讓你變得花不溜丟。」瓦歷說。

「就憑這幾滴顏色，不能證明胖酷伊是被彩姑姑帶走的。」吉奧說。

「這還不能證明的話，那還需要什麼證據？腳印嗎？」多米踢著地上的落葉說：「沒有人可以在枯樹葉上留下腳印。」

夏雨被剛剛那一幕震懾住了，一時之間還回不了神。他望著彩色樹喃喃自語：「真神奇，太神奇了……」夏雨用充滿期待的表情說：「下次你們想再去探訪迷霧七彩湖的時候，可不可以也帶我一起去？」

「用不著等下次，我們現在就去一趟迷霧七彩湖，把胖酷伊要回來。」優瑪回答。

幾個人離開了楓樹林，啟程前往迷霧七彩湖。

「彩姑姑幹麼帶走胖酷伊呢？」瓦歷無法理解。

「哎呀！他們不會想利用胖酷伊來提煉某種顏料吧？胖酷伊是珍貴的檜木耶！」多米突然叫了起來。

「那麼一小塊木頭，提煉不出什麼的啦！」吉奧反駁多米。

「優瑪，胖酷伊好端端的放在雕刻室，你幹麼把他帶到楓葉林？」多米不解的問。

優瑪低下頭，沉默的看著自己的腳尖。

吉奧見狀，搶著替優瑪回答：「胖酷伊太無情了，優瑪想懲罰他。」

「胖酷伊已經不是胖酷伊了，他已經變成檜木精靈了。」多米說。

「你不要哪壺不開提哪壺好不好？」吉奧制止多米繼續說下去。

「事實就是……」多米還想繼續說，吉奧用手肘碰了多米，暗示她別再說下去。多米看看吉奧再看看優瑪，立刻明白了，她趕忙改口：「我們要趕緊把胖酷伊找回來，這樣他想回家的時候就可以回家。」

一行人穿越檜木霧林，優瑪仰著頭搜尋，胖酷伊檜木精靈會不會躲在某一個隱密的樹枝上望著她呢？

她想起以前，他們和胖酷伊一起經過檜木霧林，胖酷伊抱著檜木不肯離開，他說檜木唱歌給他聽，他說檜木霧林讓他有家的感覺，這些怪異的行為，已經說明胖酷伊就是檜木精靈。但是，當時有誰能將這些事聯想在一塊兒呢？

優瑪、夏雨和副頭目們抵達迷霧七彩湖，站在湖岸邊朝泛著紅光的湖面張望。湖面漾著協調的七彩顏色，隨著風的吹拂，緩緩的晃動，彷彿誰的絲巾飄落到湖面，輕柔的浮動著。

「好美，但是又好詭譎。」多米讚歎著。

湖中央噴起一根彩色水柱，水柱頂端坐著彩姑姑。

「嘿，你們來啦！」

水柱的力量突然變強，在空中劃出一道半圓形的彩虹，將彩姑姑送到優瑪等人的面前。彩姑姑剛剛站穩，馬上拉起優瑪的手，熱切的問：「酒呢？你有沒有帶酒來？」

「酒？你說小米酒嗎？噢，來的時候太匆忙，忘記了。」優瑪尷尬的說。

彩姑姑瞬間像一朵枯萎的花朵，垂下眼皮和雙肩，有氣無力的說：「真沒意思。」說完轉身想離開。

「彩姑姑，請等一下。」優瑪叫住她。

「還有什麼事嗎？」彩姑姑冷冷的說。

「你這幾天是不是去過卡嘟里森林？」優瑪謹慎的開口。

彩姑姑警覺起來，挺直下垂的雙肩，接著她看到了夏雨，整個人就像貧瘠的土地汲取了大量的水一般，立即精神奕奕的說：「這位先生是誰呀？」

夏雨禮貌的自我介紹：「你好，我是夏雨。」

「他們叫我彩姑姑，但是，你可以叫我彩小姐。」彩姑姑開心得連眉毛都笑了起來。

「彩……小姐。」彩姑姑盯著夏雨瞧，讓夏雨覺得很不自在。

「彩姑姑……」優瑪想再問一次。

「噢，沒有，我沒去過森林。」彩姑姑神情詭異的說。

所有的人都帶著懷疑的目光看著彩姑姑。

「你們幹麼這樣問？森林發生了什麼事？」彩姑姑假裝好奇的問。

「我們遺失了胖酷伊木雕。」吉奧急切的說。

「什麼胖酷伊木雕？」彩姑姑不解的問。

「你見過的，一個木頭人，他現在不再是木頭人了，變成一個普通的立體木雕。」優瑪說。

優瑪眼神犀利的盯著彩姑姑的眼睛，等著她回答。其他人也不發一語的望著彩姑姑。

「我們在現場發現幾滴彩色小不點。」吉奧補充說。

「這個……這個……」彩姑姑慌張的環顧四周，希望找到靈感可以說出合理的解釋。

「如果真的是你拿走的，請還給我們，我們不會為難你的。那個木雕對我們意義重大。」夏雨態度懇切的說。

彩姑姑遲疑了一下，嘆了一口氣說：「好吧，老實說，我的確是看過那個木雕。我把它撿起來，因為那個木雕有一種很好聞的香氣。我很喜歡那種香味，但我沒有帶走它。我把它放回去了。」

「你去森林做什麼呢？」瓦歷仰著下巴問。

「去森林，嗯……散步，對，去散步。」彩姑姑拉了拉披肩。

「我不相信你。」多米激動的說。

「不相信我？哼，那你們就去我家找找好了，找到就帶走，找不到的話，得送我一甕小米酒當作賠禮。怎麼樣？」彩姑姑爽快的說。

「你家？在哪裡？」瓦歷指著空空的湖面問。

「在湖底。」彩姑姑說。

「湖裡？我們可不是魚，不能用腮呼吸。」多米說。

「這湖一點也不清澈，誰知道湖裡有什麼東西？進入湖裡萬一發生什麼事，也沒有人知道。」瓦歷搖頭。

「這裡是個絕佳的殺人棄屍地點。」多米小聲的嘟噥著。

「你們竟然不敢跟我進入湖心！」彩姑姑露出不可思議的表情：「小孩子不是最有冒險精神的嗎？」

「誰說我們不敢進去？我們當然要下去找。」優瑪說。

「那小米酒……」彩姑姑問。

「沒問題，找不到就送你一甕小米酒。」優瑪做出承諾：「只要你不是刻意把胖酷伊木雕藏起來。」

「我藏著他幹什麼？我沒有帶走他就是因為帶走也沒什麼用啊！」彩姑姑解釋著。

優瑪第一個跨上彩色小舟，接著吉奧也坐了上去。每增加一人，小舟就自動加長。當瓦歷和多米同時跨上小舟，小舟失去重心劇烈搖晃起來，差一點就翻覆。

彩姑姑划著彩色小舟，來到湖中心停了下來。

「好了，現在要請你們閉氣三秒鐘。」彩姑姑用充滿權威的語調說。

優瑪、吉奧、瓦歷和多米互相交換了不安的眼神之後，深呼吸一口氣，閉氣的同時也將眼睛緊緊的閉上，每個人的五官緊緊皺成一團。他們感覺到船正在下沉，全身感覺冰涼又黏稠，彷彿自己正墜落到濃稠的爛泥巴裡。

三秒鐘怎麼這麼長呢？多米覺得自己就像是一隻眼睛很痛又不快樂的蚯蚓，正在爛泥巴裡掙扎著尋找出路。

船停止下沉。

「你們可以睜開眼睛了。」

優瑪等人還是緊緊的閉著眼睛，不敢張開。

「快張開眼睛看看你們從來也沒見過的彩色世界。」彩姑姑激動的說。

優瑪試探的將右眼張開一條縫，確定沒有液體湧入眼睛，才放心的睜開雙眼。

一睜開眼睛，優瑪等人立刻被燦爛眩目的色彩刺激得猛眨眼睛。

「你沒有比較柔和單一的顏色嗎？我的眼睛簡直就要痛死了！」多米叫了

起來。

「你喜歡什麼顏色？」彩姑姑問。

「淡藍色，像天空那樣的顏色。」多米說。

「我不是問你，我是問那個高大的帥小子。」彩姑姑看著夏雨說。

吉奧用手肘推推夏雨：「她在問你呀！」

「噢，我喜歡淡淡的綠色，春天時從樹梢冒出來的那種嫩綠色。」夏雨說完，彩姑姑右手用力一揮，四周的顏色瞬間變換成嫩綠色。

「是這個顏色嗎？」彩姑姑將臉逼近夏雨，眨著一對小眼睛望著夏雨的眼睛問。夏雨尷尬的點點頭並將身體往後縮，躲開彩姑姑的眼神。

「這樣的顏色舒服多了。」多米鬆了一口氣。

剛才顏色太花俏，看不清楚屋內陳設，變成嫩綠色之後，他們才發現所有的東西和牆面像水波一樣緩緩的湧動著，看起來就像是混著顏色的水牆。

多米伸出食指輕輕碰了一下牆面，手指立即沾上顏色。多米看著手指頭上的顏料推擠到指尖，變成小小人，轉動小小腦袋，看了多米一眼，發出細小尖銳的叫聲後一躍而下，迅速的鑽進牆面消失無蹤。

吉奧環視四周，四堵牆上擺放著各種造型的容器，容器裡裝著各種顏色的顏料，除此之外，什麼也沒有了。

「這裡什麼東西都沒有。你把胖酷伊藏到哪裡去了？」吉奧問。

「這就對啦，你們都看見了，我這裡什麼都沒有，也沒有你們的胖酷伊木雕。你們可以把手伸進牆裡打撈，別說我欺瞞你們。」彩姑姑攤了攤手說。

優瑪看著各式各樣的容器，其中一個怪異的容器是昆蟲的繭，薄薄的膜透著粉紅色的液體，小巧漂亮。另一個容器是一根空心的樹幹，藍色的顏料彷彿吸管一般插入樹幹裡。另外還有鞋子容器、帽子容器，還有一把刀鞘，全都裝著各種顏料。另一面牆上整齊的擺著十個橢圓形的空瓶，瓶口用木塞塞住。

「這幾個空瓶子怎麼不裝顏料呢？」優瑪問。

「必要時才裝。」彩姑姑敷衍的回答。

「你拿這些顏料做什麼用？」多米好奇的問。

「你們別以為可以將這些美麗的顏色留在你們的圖畫紙上，這不是普通的顏料，它們有別的用途。」

「別的用途？」夏雨無法理解。顏料是為了豐富了人類的藝術生活才被創造出來，除此之外，顏料還能做什麼？

「這個用途無可奉告。」彩姑姑語氣堅定的說。「不過，如果你願意留下來用晚餐，我可以透露一點點。」

「我可不想留下來用晚餐。」多米揮揮手說。

「我邀請的不是你，是這位先生。」彩姑姑豆般大的眼睛充滿期待的望著夏雨。

「我？一個人嗎？」夏雨緊張的猛眨眼睛，結結巴巴的拒絕：「不……不不……我……我沒空！我……要回去……寫……寫報告。」

「真遺憾！」彩姑姑失望的說：「只要你想來，這裡隨時都歡迎你。」

「你為什麼要把顏料裝起來呢？」多米不解的問：「湖這麼大，再多的容器也裝不下。」

「你們人類的家庭裡都會擺設一些藝術品，讓自己看了賞心悅目。容器用來凸顯色彩的形狀，那是生命的樣子，欣賞它們，讓我感覺到快樂。何況這個世界是用形狀和顏色建構起來的，不是嗎？」彩姑姑說。

優瑪和其他人開始覺得呼吸變得不順暢了。

「既然你們找不到胖酷伊木雕，就請離開吧！我這兒氧氣稀薄，人類最多只能待六分鐘，你們的時間已經到了。」

「看來胖酷伊木雕真的不在這兒。」吉奧說。

「湖這麼大，我們只看到這麼一小塊地方，誰知道她把胖酷伊木雕藏在哪裡？」多米說。

「我們快離開吧！再討論下去，我們全都會死在這兒。」優瑪催促著。

優瑪、吉奧、瓦歷、多米和夏雨一個個坐上小舟，再度閉氣三秒鐘，浮出湖面。彩姑姑將小舟划到岸邊。

他們用最快的速度跳下小舟，夏雨上岸前被彩姑姑叫住，她拍拍夏雨的肩膀，語氣溫柔的說：「很高興認識你，希望你有空再來坐坐。」

夏雨的臉又紅了，他應酬式的點點頭，跳下小舟。

所有人都回到岸上後，小舟又縮小成原來的尺寸。

「別忘了小米酒哇！」彩姑姑揮了揮手，將小舟划回湖中央，沉入湖裡。

「我不相信她。她一定把胖酷伊木雕藏在我們看不見的地方。」瓦歷說。

「一定是。要想辦法逼她交出胖酷伊木雕。」吉奧說。

「胖酷伊的肚臍眼可以灌進顏料，肯定是彩姑姑帶走的。」瓦歷說。

「我忽然好想念迷霧堡主喔！」多米一臉懷念。

「這個彩姑姑喜歡夏先生。」優瑪看著夏雨。

「她只請你一個人留下來晚餐。」吉奧說。

「如果夏先生留在那裡吃頓晚餐，也許彩姑姑會願意交出胖酷伊木雕。」多米說。

夏雨又開始眨眼睛：「不是這樣……我……是唯一的大人嘛！她不喜歡小孩。」

「才不是這樣，她看你的眼神很不一樣。」多米說。「瞎子都看得出來那個彩姑姑愛上夏先生了。」

「夏先生，你要當心囉，提防她半夜派出那些彩色小妖精，將你綁架到湖裡當新郎。」瓦歷開玩笑的說。

「你們不要開玩笑啦！我一點也不喜歡她。」夏雨著急的說：「更何況她又不是人類。」

「不是人類有什麼關係，藤蔓還不是愛上迷霧堡主的女兒霧兒姑娘。」吉奧提醒夏雨。

「別再說啦。」夏雨紅著臉，不想繼續這個話題：「我們快點離開這裡吧，天就要黑了。」

「夏先生也許可以留下來晚餐，這樣就可以知道那些顏料的用途了。」多米繼續捉弄夏雨。

「我不要一個人留在那兒。」夏雨斬釘截鐵的說。

「彩姑姑到森林做什麼呢？我覺得她隱瞞了一些事。」吉奧換了個話題。

「我們明天再來，煩到彩姑姑受不了，自然就會交出胖酷伊木雕。」多米提議。

所有人離開迷霧七彩湖之後，彩姑姑和她的小舟又冒了出來。彩姑姑站在小舟上，望著優瑪等人離去的背影，哈哈大笑起來。

11 藝術的對談

半夜下起了大雨，一直下到天亮還未停歇。大雨持續猛烈的拍打著夏雨研究室的屋頂，也刷洗著樹林。

夏雨坐在研究室裡，模樣狼狽的喘著大氣，頭髮幾乎被汗水溼透，他用充滿憎恨的眼神望著黏在天花板上的一塊七彩顏料。

那個彩色小不點尖聲怪叫的將研究室弄得亂糟糟的，彷彿剛剛颳過十級陣風，地上散亂著破碎的杯子、碗、碟子、文件、照片、帽子、襪子……

昨天，從迷霧七彩湖回到研究室，他脫下那件淡藍色的襯衫時，口袋裡的顏料立即像噴泉一般噴湧而出，黏在天花板上，變成小不點模樣，一邊尖

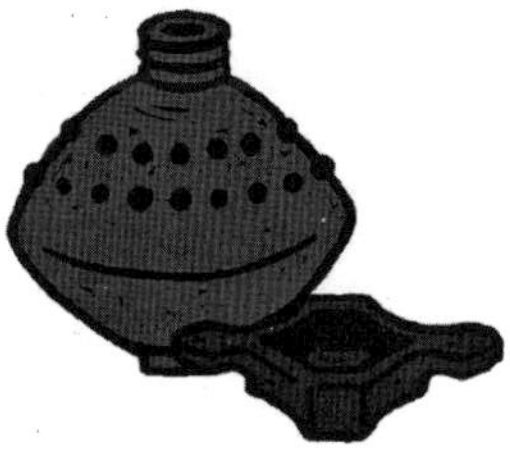

叫一邊憤怒的在屋裡彈來彈去。接著還把所有站著的東西都弄倒、所有躺著的東西都踢到地上，嚇得夏雨拿起捕蝶網追捕彩色小不點。

但是，小不點的動作實在太靈活了，夏雨根本抓不到它，奮戰了一整晚，只弄到屋子一片混亂。

夏雨簡直就要氣炸了！

這些顏料到底是什麼時候跟著他回家的呢？他不記得曾經碰觸過這些顏料，待在彩姑姑住的彩色屋時，他也只是輕輕碰了一下液狀的牆，並且親眼看見顏料從他的手指頭上變成小不點跳進牆裡。

夏雨回想著每一個細節：大家開始感覺呼吸不順，接著就上船，然後來到岸邊，他最後一個上岸的，臨上岸前，彩姑姑叫住他，拍了兩下他的肩膀……等等，就是這裡，彩姑姑拍他肩膀的時候，他感覺到胸前的口袋有重量感。就是那時候，彩姑姑趁著拍他肩膀，將顏料放進他的口袋裡。

彩姑姑為什麼要這麼做呢？

這時，屋外傳來猴子英雄憤怒搖晃樹枝的聲音。有陌生人靠近的時候，英雄就會有激烈的情緒反應，警告陌生人不要輕舉妄動。

英雄是在一次猴王爭霸戰中弄斷了左手掌，被夏雨救了回來。經過幾個月細心的救傷照顧，英雄的左手掌雖然無法回復以前俐落的身手，基本的攀爬並沒有問題。但是，英雄卻不願意離開，從此留下來幫夏雨看守門戶，夏雨也樂得有猴為伴。英雄就住在夏雨為牠搭蓋的小樹屋裡。

聽見英雄的聲音，夏雨站在門口，一眼就看見身穿一件粉紅色直條紋緊身衣，撐著一把大花傘站在樹下的彩姑姑。

英雄仍然憤怒的搖著樹枝，直到夏雨對牠說：「可以了，英雄，進屋去吧，雨很大，別淋溼了。」

英雄才抖掉身上的雨水，忿忿的瞪了彩姑姑一眼鑽進小木屋後，還不時探出半個頭來窺看這個奇怪的來客。

「你麼知道我住在這裡？」夏雨驚訝極了。

「我派了探路先鋒，你應該和他們見過面了，我一路跟著他們的氣味就找到你家啦。」彩姑姑笑容滿面的說。

夏雨朝天花板看了一眼，終於恍然大悟。

「你一定想不通為什麼我要這樣做，對嗎？」彩姑姑說。

「你為什麼要這樣做?」夏雨無奈的苦笑。

「有客人來訪,你不請人進去坐嗎?這雨下得真大呀!」彩姑姑毫不客氣的逕自往屋裡走去:「你家裡應該也有小米酒可以招待客人吧?」

夏雨無奈的看了樹上的英雄一眼,英雄聳了一下肩膀,用同情的目光看著夏雨。

夏雨拿出帕克里送他的小米酒,給彩姑姑斟了一杯。

「這瓶酒我放了很久都沒喝,因為我酒量不好,只要喝幾口就會醉。」夏雨說。

彩姑姑端起杯子喝了一小口,滿意的舔舔嘴唇。她對著天花板上的彩色小不點招招手說:「還不給我下來?」

貼在天花板上的顏料立即長出手腳和小頭顱,一躍而下,溶進彩姑姑的衣服裡。

「不好意思,這些小東西給你帶來麻煩了。」彩姑姑說:「我沒有別的事,只是想找人說說話。」

「彩小姐可以到部落去,卡嘟里族人很友善,他們會喜歡和你聊天的。」

夏雨說。

「我是個色彩藝術大師，我希望我說的話有人聽得懂。」彩姑姑一口喝光杯裡的小米酒。

夏雨再一次幫她倒酒。

「這個世界因為繽紛的色彩而美麗。」彩姑姑飲著酒說：「所以，我的存在很重要。」

「我不這麼認為呢，雪白的雪景也很美麗，荒涼的土黃色沙漠風光也很壯闊。」

「那樣的美麗太孤獨。」

「不孤獨。白雪中有白熊添景，沙漠中有駱駝相伴。」夏雨說。

「哈哈哈，有意思。」彩姑姑喝了兩口酒後繼續說：「你如何確定白熊鍾情單一的雪景，而不是繽紛的世界？你又怎麼知道駱駝不厭倦千篇一律的黃沙呢？」

「因為簡單是美的最高境界。」

「我喜歡熱鬧、溫暖的色調，彩虹讓我滿心歡喜。」

「我喜歡穩重而舒適的綠，綠色讓我心裡寧靜。」

彩姑姑又喝了一口，她對著夏雨皺了皺眉頭：「我一個人喝酒真沒意思，你也喝嘛！」

夏雨也笑了，看彩姑姑喝得起勁，聊天氣氛熱絡，連不太喝酒的夏雨也給自己倒了一杯酒，舉杯喝了一小口。

「你看這片卡嘟里森林，最美的就是它的綠，春天來臨的時候，滿山遍野展示著不同層次的綠，看得人打心底覺得舒暢。」

「如果這樣一幅山景變成一幅畫就真的太單調了，森林裡需要有紅色、黃色、白色、紫色各種顏色的花朵或樹葉來點綴才美麗。」

彩姑姑喝光了一整瓶酒：「喝光了，沒啦？」

夏雨走到角落再拿出一瓶。

「你的長相不太像卡嘟里族人，你幹麼跑到山裡來？」

「我？我研究動物，當然要住在森林裡。」

「動物……有什麼好研究的？」

兩個人說話的聲音愈來愈大聲，語意也愈來愈不清楚。

「動物和人類的生活很密切，你知道飛機的靈感來自誰嗎？來自老鷹飛翔的動作……動物身上有很多智慧是我們可以學習的，動物和環境的關係……食物鏈中的每一種生物無法單獨存在，牠們和其他生物、植物都有關聯，如果某一種動植物消失，也會影響到其他生物的生存……森林如果消失，很多動物也會消失，人類最後也會消失……整個大自然就像是一個大家庭……」

「天哪，你可不可以說一些我聽得懂的話呀！」彩姑姑一臉不耐煩。

「好吧，你不喜歡聽大自然的生命網路，那麼，彩小姐喜歡到森林嗎？」夏雨趴在桌上，他的頭好像因為酒精作用脹得像蜂窩那麼大。

「我才不喜歡到森林來……」

「你不喜歡為什麼還去森林散步？」夏雨直起身子用紅通通的眼睛望著彩姑姑。

「我？那天……去森林……是……哎呀，我老實說，但是你不要跟別人說……」

夏雨聽著笑了起來：「哈哈哈，好，我不跟別人講，除非我喝醉酒，哈哈哈。」

「我那天去森林是想去找小米酒……結果在森林裡被東西絆倒摔了一大跤……我看見那個叫胖酷伊的木頭人躺在那裡，我就搖他，叫他帶我去找小米酒，搖了半天，才發現他已經變成真正的木雕……我只好把它扔回去，沒想到你們認定就是我拿走的，哼。就憑我摔跤的時候不小心留下的幾點彩色小不點？真是莫名其妙。」

「原來是這樣，好，我相信你沒有拿走胖酷伊木雕。」夏雨看起來像是快要睡著了。

彩姑姑因為喝酒體溫升高，不但身上的粉紅色漸漸變成紅色，臉頰也變得通紅。

夏雨一張臉也變得紅通通的，兩個人說話開始顛三倒四。

「我呀！搬家搬了幾百次了從來沒有一個地方停留超過一年。」

「這麼大個湖，那些花不溜丟的湖水，你怎麼搬得走哇！」

「哈哈哈，這太簡單了，我有十個神奇的瓶子，紅、橙、黃、綠、靛、藍、紫、黑、白、彩色。我只要大喊一聲，湖水就會回到自己的瓶子，根本不用我操心。」

「你幹麼這麼頻繁的搬家？」

「唉，我就是雞婆，色彩是我的信仰，我努力的傳播我的信仰，希望大家都能接受繽紛的世界。」

「結果呢？」

「結果，大家覺得我的色彩太鮮豔刺眼，不喜歡和我為鄰。」

「真悽慘！顏色太多太雜……看起來……太花，彩小姐也太花，我的眼睛很花……」

「我曾經把一整個村莊變成彩色的，結果整個村莊一邊罵我一邊遷村，將我精心設計的村莊丟棄。」彩姑姑掩面啜泣。

「這樣是行不通的……文化……文化你懂嗎……」

「我曾經把溪流變成彩色的，那多美麗呀！彩色的溪流蜿蜿蜒蜒的向下奔流，那流動的姿態是我見過最動人的藝術。」

「藝術是主觀的，如果藝術的喜好……被統一成每個人都一致……那世界就會變得很無聊。」

夏雨半閉著眼睛，他覺得現在整個腦袋脹成兩個那麼大，他想站起來走一走，但才走了兩步就摔倒在地上。

「那是我後來才明白的。我很寂寞，我掌管彩色世界，卻無法盡情的發揮。」彩姑姑神情落寞的趴在桌上。

「彩小姐，真高興和你聊天。」夏雨醉得站不起來，乾脆就躺在地上。

「你就是因為這樣不討人喜歡才不斷搬家的嗎？」

「還有因為他們很快就猜出我的原形。住在各個湖裡的迷霧家族，一旦被人看穿原形，想像就不再存在，這個迷霧家族就得搬家。」

「你常常……被人看穿……看穿原形啊！」

「是啊，我真倒楣，誰叫我的色彩鮮明，讓人家一下子就聯想到蝴——」

彩姑姑住嘴了，她猛地抬起頭來，酒意嚇醒了大半。看見夏雨躺在地上已經醉得呼呼大睡，她鬆了一口氣。

「呼，差一點就闖禍了。」彩姑姑自言自語的說。

夏雨突然半醉半醒的坐起身來：「你說什麼？你的原形是狐——狸？」

「狐狸？你看過這麼美麗的狐狸嗎？傻瓜。」彩姑姑生氣的說。

「狐狸——原來是狐狸呀！」夏雨喃喃自語，說著說著又躺回地上，呼呼大睡。

彩姑姑站起來，將喝剩的小米酒抱在胸前，對熟睡中的夏雨說：「你記不記得……你們答應我，在我家找不到胖酷伊木雕，就得送我一瓶小米酒？這酒我就帶走了。」

夏雨喃喃自語的說著夢話：「那些顏料是做什麼用的？」

「那些顏料是做什麼用的？你連睡著了都想知道哇！哈哈哈，如果你聽得進去，我就告訴你吧！他們不是單純的顏料，他們是一種生物，一種讓世界更有生命力更精采的生物。哈哈哈，明白了嗎？」

彩姑姑踏著歪歪斜斜的步伐，離開夏雨的研究室，英雄在樹上搖著樹枝。彩姑姑瞪了英雄一眼，伸出她的手指，朝著英雄指了一下，英雄頭上的毛髮瞬間變成橘紅色的。

「哈哈哈，這樣你就帥多了。哈哈哈。」

英雄氣急敗壞的在樹枝上跳來跳去，憤怒的搖著樹枝吱吱大叫。

彩姑姑大笑著朝迷霧七彩湖的方向走去。她的心裡有一點不安，夏雨剛剛猜她是狐狸，那就讓他以為自己是狐狸吧！

但是，他酒醒之後，會不會想起「狐」字這個音開頭的動物除了狐狸之外，還有狐猴、蝴蝶呢？不過以他那個傻乎乎的樣子，也許會認為她只是酒後胡說八道吧！

12 精靈之家

濃霧幾乎淹沒了檜木霧林，一指撐天巨木在縹渺的霧裡若隱若現。

檜木精靈們在胖酷伊檜木精靈回家那天，做了一件重大的決定，他們決定給自己一個名字。如果只有胖酷伊檜木精靈有名字，對其他精靈而言不公平，於是他們各自給自己取了名字。

精靈們從來沒有取過名字，也不知道怎麼取，於是決定繼續沿用「酷伊」這兩個字。

一號檜木精靈取名為大酷伊檜木精靈。

二號檜木精靈取名為高酷伊檜木精靈。

三號是胖酷伊檜木精靈。

四號檜木精靈取名為壯酷伊檜木精靈。

五號檜木精靈取名為……咦？什麼時候多了一隻檜木精靈？原來是新加入的檜木精靈的母樹，一星期前剛剛過了三千歲生日，五號檜木精靈是個新生兒。他給自己取名為小酷伊檜木精靈。

五隻檜木精靈待在精靈之家裡，好奇的圍著胖酷伊木雕瞧。胖酷伊看著木雕，心裡感到酸酸痛痛的。

「很難想像，你竟然住在這個木雕裡六年，真了不起。」小酷伊檜木精靈看著木雕嘖嘖稱奇。

「這是優瑪心愛的東西，遺失了，她會很慌張，快送回去。」胖酷伊檜木精靈焦急著說。

「優瑪不要它，扔掉了，我們撿回來研究。」壯酷伊檜木精靈說。

胖酷伊檜木精靈臉上出現痛苦的表情。他了解優瑪，優瑪不是故意將它扔掉的，她只是一時氣憤，氣他不顧情分一走了之。此刻，她一定後悔的四處尋找吧。

「值得研究。我們可以請優瑪設計造型，讓我們以不同的面貌現身。」大酷伊檜木精靈提議。

「一定很好玩。」高酷伊檜木精靈說。

「這違反『擅自變更外貌』的精靈守則。」壯酷伊檜木精靈提醒。

「快把木雕送回去。」胖酷伊檜木精靈懇求其他精靈。

「不可以，不可以把別人丟掉不要的東西又送回去，這樣做很討人厭。」高酷伊檜木精靈說。

「就像我們送出去的願望又被送回來一樣。」壯酷伊檜木精靈一臉感同身受的說。

「你們去看看優瑪，她此刻一定很痛苦。」胖酷伊檜木精靈著急的說。

「胖酷伊精靈，你和人類建立太深的感情，必須讓記憶沉澱，才能繼續當一名稱職的許願精靈。」大酷伊檜木精靈說。

「我控制不了自己。」胖酷伊檜木精靈說。

「木雕很可愛，我喜歡。我要試試。」高酷伊檜木說著，瞬間化成一道金黃色的光束，鑽進胖酷伊木雕的肚臍眼裡，胖酷伊木雕馬上活了過來，開始翻跟斗、跳舞、擠眉弄眼，還會說話：「我是高酷伊。」

「我也要試試。」壯酷伊檜木精靈覺得很好玩，也化成一道金黃色的光束鑽進胖酷伊木雕的肚臍眼裡。

「我也要進去。」大小酷伊檜木精靈也異口同聲的說著，同時變化成金黃色的光束鑽進胖酷伊木雕的肚臍眼裡。

木雕裡一下子擠進四隻精靈，擁擠得不得了，每隻精靈都想支配胖酷伊木雕，結果讓木雕看起來像一個故障的機械人，四肢的活動完全失去協調性，笨拙極了。

四隻精靈在木雕裡叫叫嚷嚷的吵成一團。

胖酷伊檜木精靈則焦急的搖晃著木雕，想把他們全抖出來：「你們出來，快出來，你們會擠爆木雕的！快出來。」

「我要出去，我要出去，我要出去。」幾隻精靈在木雕裡推擠，卻誰也出不去。最後胖酷伊檜木精靈乾脆也化成金黃色的光束鑽進木雕裡，想把他們拉出來。

巨木樹幹突然發出一聲巨響。是誰在這個時候敲門？

木雕裡的精靈們嚇一跳。

一隻扁柏精靈走進精靈之家。

「不在家，精靈都不在家。」扁柏精靈看著空蕩蕩的精靈之家說。

木雕突然劇烈搖晃起來，裡面傳出「在家在家」的嘈雜聲音。

扁柏精靈被晃動的木雕嚇一跳，往後彈跳了兩下：「原來遺失的木雕跑到這裡來了。」

一道金黃色的光束從肚臍眼鑽出來，接下來第二道、第三道、第四道、第五道金黃色的光束陸續鑽出，變成樹形小矮人模樣，檜木精靈們暈頭轉向，站也站不穩的搖晃著身體。

「你們怎麼回事？」扁柏精靈真是開了眼界。

「一場遊戲啦……」胖酷伊檜木精靈尷尬的說。

五隻精靈漸漸回過神來。

「什麼風把你吹來的？」大酷伊檜木精靈說。

「路過，來見見五號精靈。」扁柏精靈說。

「我們不再是數字，我們有名字了。」高酷伊檜木精靈以為扁柏精靈特地為了名字一事而來。

「我是原來的五號精靈，現在是小酷伊精靈。」小酷伊檜木精靈跳出來自我介紹。

「名字？」扁柏精靈不解的問。

「我們有名字了。」高酷伊檜木精靈說。

「噢，名字，數字改成名字。」扁柏精靈聽了歪著頭思考起來：「名字啊！我們不會取名字。」扁柏精靈搖搖他的小腦袋，他頭上的小樹枝發出細微的窸窣聲。

扁柏精靈看著胖酷伊木雕說：「那是卡嘟里部落小頭目優瑪遺失的胖酷伊木雕。原來在這兒！」

「你怎麼知道她遺失了木雕？」胖酷伊檜木精靈一下子彈跳到扁柏精靈面前，焦急的問。

「她遺失木雕很著急，悲傷的四處尋找。」扁柏精靈指著胖酷伊木雕說：「他們以為是迷霧七彩湖的彩姑姑拿走，遺失現場留下了幾滴七彩湖的彩色小不點。」

「我們不能干預人類的生活。」大酷伊檜木精靈提醒。

「精靈不該奪人所愛。」胖酷伊檜木精靈說：「讓我把木雕送回去。」

「我喜歡這個木雕，多留兩天可以嗎？」高酷伊檜木精靈很捨不得的說。

「不行。我們必須趕快還給人家。」胖酷伊檜木精靈說。

「你是為了不讓優瑪傷心吧！」高酷伊檜木精靈說。

「不管怎樣，木雕是優瑪的，必須還她。」大酷伊檜木精靈說。

「我拿去還她。」胖酷伊檜木精靈說。

「不行。」其他四隻精靈同時叫了起來。

「你不能去部落。讓小酷伊精靈送回去。」大酷伊檜木精靈說。

胖酷伊檜木精靈憂傷的垂下雙眼，他理解精靈們擔心他回部落後，就可能再也不回精靈之家的心情。小酷伊檜木精靈同情的看著胖酷伊精靈，心裡有了一個打算。

「你們的名字……」扁柏精靈對名字很感興趣：「精靈不會取名字，你們的名字從哪裡來？」

「胖酷伊檜木精靈給的靈感。」大酷伊檜木精靈說。

「大酷伊、高酷伊、胖酷伊、壯酷伊、小酷伊。這些名字很棒吧。」高酷伊檜木精靈得意的說。

「名字，我們想想。」扁柏精靈臨走前轉過身來說了一句。

深夜，萬籟俱寂。

兩隻許願精靈出現在檜木霧林。他們形跡鬼祟，低聲交談著。

「你一定要回來。」小酷伊檜木精靈說。

「我會回來的。」胖酷伊檜木精靈說。

「一定要回來，這本來是我的任務。」小酷伊檜木精靈說。

「放心，我一定會回來。」胖酷伊檜木精靈說。

短暫交談後，其中一隻精靈轉身離開，另一個精靈則鑽進木雕裡，木頭人瞬間活了過來，用極快的速度朝部落的方向狂奔而去。

木頭人來到優瑪家庭院，意味深長的看著這棟熟悉的石板屋。這戶人家已經入睡，屋裡沒有半點燈光。他轉頭看了一眼雕刻室，那裡依然是一片凌亂，東倒西歪的成品和半成品、散了一地的木屑和從來不關的大門，從沒遺失半件作品的雕刻室，敞開的是對所有人的信任。

木頭人輕巧的推開客廳大門，動作輕柔的沒有發出半點聲響，他走上二樓，經過以前奶奶的臥室，他停下腳步看了一眼，以前奶奶很有韻律的發出鼾聲，她睡得正熟呢！

木頭人來到優瑪房間，優瑪躺成大字形睡得正酣，被子掉在地上。木頭人撿起被子，輕輕的幫優瑪蓋上，優瑪翻了一個身，睜開惺忪的睡眼看了木頭人一眼，嘴裡喃喃說著：「你回來啦！胖酷伊……」優瑪閉上眼睛，似睡非睡的繼續說著：「這是夢吧！胖酷伊，不要醒來，是夢吧！」

胖酷伊凝望著熟睡的優瑪好一會兒，輕嘆一口氣後，走了兩步站在床前，接著一道金黃色的光束從肚臍眼鑽出來，直接從窗的縫隙鑽了出去。

夜的旋律繼續鳴奏著，山羌、角鴞的叫聲，昆蟲蛙鳴，保持著規律的節奏，共譜深夜交響曲，給醒著的人類、動物、樹林及其他說不出名字的生物欣賞。

13 帕克里遠行探親

優瑪半夜醒來，驚訝的望著胖酷伊木雕，花了一些時間才清醒過來，確定自己不是在作夢。

她不知道為什麼胖酷伊木雕會突然出現在床頭。也許一開始就是她的錯覺，胖酷伊木雕從來就沒有遺失；或者是，胖酷伊木雕自己找到回家的路。無論如何，胖酷伊總算回來了。

優瑪拿著一條毛巾，細心的擦拭著胖酷伊木雕上的汙漬。

「對不起，我不會再做出把你扔掉的傻事。無論如何，我都不能生你的氣，你有你該去的地方，誰都不能攔阻你。」優瑪摸著胖酷伊的臉頰：「如

果，我說如果，你想我的時候可不可以回來看看我？我很想念你。」

優瑪將胖酷伊木雕放在床前，自己躺在床上，側著身對著胖酷伊木雕繼續說：「我希望你回到自己的森林會過得很快樂。」停頓一下，又繼續說：「如果你過得不快樂，像我想念你那樣的想念我，你就回來好嗎？我們可以像以前那樣一起過快樂的日子。」

胖酷伊咧著一張大嘴，傻乎乎的望著前方。

「晚安，胖酷伊。」優瑪覺得睏了，閉上眼睛，跨回夢的國度。

第二天天剛破曉，優瑪帶著雕刻刀和木槌來到卡里溪，她坐在溪裡的石頭上，一鑿一鑿的雕刻著腳印。優瑪安靜的工作，潺潺的溪流聲，配上鑿刀鑿開堅硬石頭的鏗鏘聲，讓優瑪心情寧靜。

自從胖酷伊離開之後，這是她第一次感受到寧靜。雕刻，讓她感覺自己真實的存在。

帕克里背著鹿皮縫製而成的遠行背包，經過卡里溪畔，他安靜的站在一旁看著優瑪，直到優瑪發現他。優瑪一眼就看見他的背包。

「帕克里，你要出遠門嗎？」優瑪甩甩腳，穿上鞋，離開溪畔走上小徑。

「我要去烏達卡拉部落探望我的妹妹里莎。」帕克里說。

「那你得走過卡嘟里森林，再翻越卡達雅山才能到達烏達卡拉山，很遙遠的路程。」優瑪說。

「是，要跨越兩座山。」帕克里說。

優瑪突然想到什麼大叫一聲：「哎呀！你會經過卡達雅山和烏達卡拉山交界的熊森林呀！」

帕克里一派輕鬆的笑著說：「別擔心，我進出熊森林很有經驗。」

優瑪還是不放心：「但是那裡……」

「我妹妹出嫁後，我去了好幾次，每一次都平平安安的通過。我知道該怎麼穿越那片奇怪的森林。」帕克里用肯定的語氣說，希望能化解優瑪心中的疑慮。

「萬一部落有事……怎麼辦？」優瑪憂慮的說。

「發生了那麼多的事，你都平安度過，還有什麼事能難倒你呢！」帕克里微笑著說。他的微笑裡散發著信任。

「那是因為部落裡有你的緣故。」

「部落裡還有大樹、瓦拉、雅格，還有其他人，你需要他們的時候，他們會和你站在一起。」

「要不要請人送信到烏達卡拉部落給你妹妹，邀請他們來卡嘟里部落一趟，讓我們好好招待一番。」

「我的妹妹病了，不適合出遠門，無論如何我都得去一趟。」

優瑪雖然心裡不捨得，卻不能阻止帕克里去看望生病的妹妹里莎。

優瑪只能點點頭對帕克里說：「嗯，那你一路小心，幫我祝福里莎早日恢復健康。」

「謝謝你，我會把你的話帶給里莎。」帕克里停頓了一下，用一種充滿關愛的眼神看著優瑪說：「優瑪頭目，你是達卡倫家族的傳人，沒有人可以懷疑達卡倫家族的能力，包括你自己。」帕克里說完，朝優瑪點點頭，轉身踏上他的旅途。

帕克里用卡嘟里族古老悠揚的旋律唱出他遠行的心情。

我就要啟程翻過兩座山去看望我的妹妹里莎，

里莎嫁給住在烏達卡拉部落的亞竹，
她病了，捎來一封信說她想念遠方的哥哥呀！
我就要啟程翻過兩座山去看望我親愛的妹妹，
在路上我遇見了小頭目優瑪，
我告訴她別擔心呀！
卡嘟里部落有祖靈保佑，
我就要啟程暫時離開我美麗的家鄉，
太陽升起，太陽落下，
小米穗入倉的那一天我就回來了。

優瑪被帕克里渾厚又沉重的歌聲惹出一臉的憂傷。她不安的望著帕克里的背影，心裡感覺很不踏實。沙書優失蹤之後，帕克里就像父親一樣，在她需要幫助的時候就會出現，如果她是一隻小鳥，帕克里就是她棲息的大樹。

優瑪目送帕克里消失在路的盡頭後，回到卡里溪繼續雕刻腳印。歷經沙書優失蹤、巫佳佳捨己救人，以及胖酷伊的離去，現在又面對帕克里得短暫離開部落，優瑪輕呼一口氣，讓胸口那股憂傷慢慢隨風消散。

如果離別像樹上未成熟的果子，時間會幫它去掉澀味讓它慢慢成熟；那麼經歷一次又一次的分離淬煉，優瑪對離別的免疫力也終於強健到可以抵禦寒風的吹襲了。

優瑪花了三天的時間，完成了卡里溪上名為的「過河」石雕作品。她坐在溪邊欣賞自己的創作。溪裡的石頭上有兩個人的腳印，一個是優瑪的，另一個是胖酷伊的。

今天完成的「過河」，和她最初與胖酷伊分享的「過河」已然不同。以前，每一次過河，都有胖酷伊陪著，這次她也不想孤單過河，這些腳印就當作紀念她的兄弟胖酷伊吧！

臨走前，她朝著對岸溪畔的樹林瞧了一眼。她剛剛好像有一個錯覺，以為看見胖酷伊檜木精靈躲藏在林間偷偷望著她，當她定睛細看，卻什麼也沒瞧見。她傻笑著拍拍自己的腦袋，踩著溪畔的石頭跳上溪邊小徑，離開了卡里溪。

夜晚，優瑪也不讓自己閒著，她在頭目書房裡寫日記，直到雙眼睏倦才願意回房休息。

優瑪才剛剛入睡，突然有人用力的拍打大門，這在鮮有人煙的寧靜部落是不曾發生的事。優瑪倏的跳下床，一顆心怦怦亂跳，她走出房間，以前奶奶也剛好走出房間。

「是不是沙書優回來了？」以前奶奶臉上充滿期待。

沙書優回家？優瑪可不這麼認為，拍門聲這麼急促，不像沙書優的作為。

「我去開門，你先在房間待著。」優瑪輕輕拍拍以前奶奶的肩膀，下樓來到客廳。

優瑪拉開石板門的門栓，打開一邊的門往外察看。外面一片漆黑，門旁一個高大的影子晃動了一下。

這、這……這是……優瑪嚇得倒退兩步，這是在作夢吧！

大黑影也扭動了一下身子。

優瑪瞪大眼睛望著眼前這個大傢伙，牠胸前白色V字在黑夜裡閃著微弱的白光。優瑪既訝異又驚恐，沒想到居然有一隻大黑熊來敲她家的大門，牠到底想幹什麼呢？

那隻大黑熊將大門推開一點，朝優瑪丟出一包東西便轉身離開，消失在黑暗裡。

直到以前奶奶輕拍她的肩膀，優瑪才回過神來。

「剛剛是誰呀？」

「是大黑熊。」

「大黑熊拍打我們家的大門？」以前奶奶驚訝極了。

「是啊！是大黑熊在拍門。」

「牠想做什麼？」

「牠丟下這個背包就走了。」優瑪將懷裡的背包放下來，實在太重了。

「這不是帕克里的背包嗎？」以前奶奶說。

那是一個用鹿皮縫製的長形背包，兩條背帶用月桃莖片編成的，右側則用麻線縫了一個裝水壺的側袋。卡嘟里部落任何一個人都認得這是帕克里的背包。

帕克里不是去了烏達卡拉部落探望妹妹嗎？為什麼背包會在大黑熊手裡？為什麼大黑熊會送到家裡來？

「帕克里不可能丟下背包前往烏達卡拉部落的，會不會半路發生了危險，掉了背包，被大黑熊撿到然後送回來呢？」優瑪自言自語的分析著。

「帕克里和沙書優一起去打獵，怎麼只有帕克里的背包先回家呢？」以前奶奶不解的問。

優瑪體諒的看著以前奶奶說：「我們去睡吧，明天的事明天再說。」優瑪關上大門，摟著瘦小的以前奶奶回房間去了。

優瑪還沒有完全從剛剛的驚嚇中恢復過來，她跳上以前奶奶的床，鑽進她的被窩裡，尋找一點的安全感。

整個晚上，優瑪聆聽著森林裡的聲音以及以前奶奶甜甜的鼾聲，腦子裡揮不去的是大黑熊的影子，無數個問號在腦子勾成一大串，帕克里會不會在中途發生意外？森林裡變化多端，再精明的獵人勇士，也可能在詭譎多變的森林裡遭遇危險，就像沙書優。是誰讓大黑熊把帕克里的背包送回來呢？森林裡誰有能力指使一頭力大無窮的大黑熊做事呢？

如果胖酷伊在就好了。他可以射一枝夾著信件的長矛給帕克里住在烏達卡拉部落的妹妹，問她帕克里是否平安抵達了？

如果胖酷伊在就好了。

胖酷伊……

優瑪想起胖酷伊，胸口莫名的悶痛起來。

所有的問號都沒有答案，優瑪怎麼也睡不著了。

天剛剛露出淡淡的晨光，優瑪背著帕克里的背包，帶著夏雨贈送的卡嘟里山地圖，走過部落小徑來到帕克里家。

大門關著，伊芬妮還沒起床。優瑪放下背包，坐在屋簷下的石凳上等著。

清晨霧氣濃重，卡嘟里部落的石板屋在霧中若隱若現，大部分的房子只露出半個屋頂。優瑪喜歡霧中的卡嘟里部落，美得很夢幻，像仙境一般。

身後傳來大門開啟的聲音，伊芬妮走了出來，見到優瑪坐在門口，很是訝異：「優瑪頭目，這麼早來——」接著，她看見優瑪腳邊的鹿皮背包，臉上的笑意被一點擔憂、一點驚嚇，還有一點懷疑給取代了。

不過，伊芬妮很快用微笑掩蓋這些複雜的情緒。

「陪我一起吃早餐好嗎？」伊芬妮提出邀請。

「好。」優瑪心想不要急，無論如何早餐都是要吃的。

石桌上擺著兩碗小米粥，幾塊煎得酥香的番薯餅，還有幾塊木瓜。

兩人安靜的享用早餐，但是心思都落在帕克里那只鹿皮背包上。

伊芬妮想著：「為什麼帕克里的背包會先回家？會不會是帕克里回來了，有事情忙，所以囑咐優瑪送回背包？但是，時間上不對呀！他不應該是這個時間回來，他才離開部落三天，如果沒有意外，應該在第五天中午抵達烏達卡拉部落，沒理由折返的。」伊芬妮想來想去都想不通。

優瑪則擔心著伊芬妮會不會相信背包是大黑熊送回來的？該怎麼說才不會讓她胡思亂想的以為大黑熊把帕克里給吃下肚了？等會兒一定不能讓她受到太大的刺激；也許可以說，帕克里中途突然繞到別處，但別處是哪裡呢？到別處去做什麼呢？優瑪覺得這樣說不妥當，又不知道該怎麼說才好，真是讓她傷透腦筋！

小米粥吃完了，番薯餅和木瓜也吃完了，伊芬妮將碗碟端進屋裡，再走出來坐回石凳上。

優瑪將背包放在石桌上。

「今天凌晨兩點多的時候，有人敲我家大門，敲得很急，我打開門一看……」優瑪停頓一下，看著伊芬妮，伊芬妮也看著優瑪，等著她說下去：「敲門的是一頭大黑熊。」

優瑪注意到伊芬妮臉上一閃而過的驚愕。

「大黑熊把帕克里的背包丟進來後就離開了。」優瑪說。

伊芬妮聽了愣了幾秒鐘，想了想，告訴優瑪她小時候聽部落老人家說過的故事：

當一隻黑熊敲你家的門，牠不會只是想敲門這麼簡單。

以前，有一個叫克林的族人，在森林裡迷路，他慌張的在森林裡跑來跑去，直到累倒在草叢裡。迷迷糊糊中，他彷彿看見有一隻大黑熊朝自己走來，他疲累到連逃跑的力氣都沒有，任由大黑熊將自己扛起來，搖搖晃晃的在森林裡穿梭。不知過了多久，克林睡著了，他醒來的時候，發現自己躺在自家的番薯田裡。

大黑熊救了他一命。沒有人知道牠為什麼要這樣做，頭目日記裡明確記載著，卡嘟里部落的族人不能獵殺熊。這也許這就是人類和熊在森林裡建立起來的無法言喻的默契。

優瑪點點頭，她在頭目日記裡也讀過這段故事。

伊芬妮輕嘆一口氣：「熊已經送來背包，我相信帕克里此刻是平安的，但是我們必須採取行動。」

「現在，我們需要找幾個年輕勇士過來。請你打開帕克里的背包，我們看看裡面剩下多少乾糧，推測他走了多久，在哪裡遺失背包，再派人走一趟。」優瑪爬上帕克里家屋頂，把手掌圈成喇叭狀，大聲的喊著：「大樹、瓦拉、阿莫，聽到我的呼叫，請立刻到帕克里家來一趟。」

優瑪的聲音在森林裡迴蕩著。

如果胖酷伊還在的話，她就不需要這樣喊破喉嚨了。想到胖酷伊，優瑪的心又沉了一下。但是，她很快的放下對胖酷伊的思念，因為眼前她有更重要的事要處理。

沒多久，大樹、瓦拉、阿莫、雅格、巴那，還有瓦歷、吉奧和多米也都來了。

「昨天半夜有一隻熊敲我家的門，送來帕克里的背包。」優瑪說。

瓦歷彷彿沒聽懂似的，猛眨著眼睛，一臉懷疑的說：「你是說大……大黑熊來敲門？」

「沒錯，牠拍門拍得很猛，我一開門牠就把背包扔進來，然後轉身就走了。」優瑪說。

「帕克里可能出事了。」瓦拉輕輕的皺起眉頭。

大樹點點頭表示同意，他看著伊芬妮說：「不過，大黑熊送來背包應該是一種暗示，帕克里現在需要救援。」

「所以，我才要大家來一趟，大家以帕克里背包裡留下來的食物判斷，他可能到達哪裡，然後我們前往這個範圍搜查一下。」優瑪說。

伊芬妮輕輕的撫摸背包後，臉色沉重的打開，一一取出裡面的物品：幾件換洗衣物、七塊醃肉乾、兩天分量的水、幾顆野生桃子和幾根香蕉。

「他吃掉了八塊醃肉乾和地瓜，小米糕也吃完了。這大概是三天的分量。」伊芬妮緩緩的說著。

「這麼說，帕克里出發後第三天就沒有再繼續前行。」大樹說。「現在已經經過四天，也就是說帕克里可能困在某個地方已經一天了。」

「以帕克里的體力，撐兩、三天不成問題。」伊芬妮肯定的說。

「以一個男人的步伐和速度，三天他應該到達哪裡呢？」優瑪問。

大樹思考了一下：「應該要穿越熊森林了。」

「那隻熊看起來和一般的熊有沒有不一樣？」雅格表情嚴肅的問。

「牠站在黑暗中，我只看見牠胸口的V字形白毛。」優瑪說：「我想想，還有一點感覺很怪，但是不知道哪裡怪。」

「帕克里得經過熊森林，如果他在熊森林迷路……」雅格不安的說。

「啊，我想起來了！」優瑪叫了起來：「那隻送背包來的黑熊在黑暗中看起來很虛浮，帶著輕飄飄的感覺。」

雅格呼出一口氣，語調肯定的說：「那幾乎就可以確定，那隻熊來自『熊森林』。」

「住在熊森林裡的熊並不是真正的熊，而是熊的靈魂。牠們怎麼會聚集在熊森林，沒有人知道。傳說，死去的熊都會去熊森林。」

「帕克里的妹妹嫁到烏達卡拉部落，二十幾年來，他穿越熊森林無數次，不可能在那裡迷路。」阿莫說。

「森林詭譎多變，任何事都可能會發生。」雅格說：「你只要打一個噴嚏，就會完全失去方向，因為那裡的每一棵樹都長得一模一樣。」

「沒有別條去烏達卡拉部落的路嗎？」吉奧問。

「那是必經之路。」雅格說。

「通常，非必要時刻，我們不會去那裡。」大樹說。

「沙書優去過幾次，他去拜訪過烏達卡拉部落。」瓦拉說。

優瑪攤開夏雨送給她的卡嘟里森林地圖，大樹明確的指出「熊森林」的位置。

「看來夏先生也去過那裡，我們可以請他一起去。」瓦拉說。

「明天吧！明天天亮我們就出發。我們得準備一些東西。」大樹說。

所有人都點頭同意後，陸續離開帕克里家。優瑪是最後一個走的。

「優瑪。」

優瑪停下腳步回頭看著伊芬妮。

「不管怎樣，帕克里和我都非常謝謝你。」

優瑪點點頭，她明白伊芬妮話中的意思。

優瑪聽到伊芬妮嘹亮的歌聲在背後響起：

你出門那天豔陽高照，
我目送你和你的影子踏上旅途，
你忽然回過頭來微笑著對我說，
平安回來的那一天，
要摘一束半天山上最美的杜鵑送給我。

半天山上的杜鵑在夏日陽光的照耀下，
紅豔豔的開滿山坡，
等著你的造訪，
你答應我的事每一件都會實踐，
我彷彿已經看見你走入半天山的杜鵑花海裡，

為我挑選最美的那幾朵花。

伊芬妮的歌聲一遍又一遍的在優瑪腦海裡迴蕩……

優瑪想著帕克里，心裡湧起一股莫名的恐懼感。帕克里到底發生了什麼事了？天神保佑，任何不好的事都不要發生！

夢 14

半夜，突然下起豪雨，雨點劈里啪啦的敲打著屋頂。優瑪被吵醒，她下床站在窗邊，小心翼翼的將窗推開一條小縫想瞧瞧外頭，雨水立即鑽進屋裡，打在她臉上，她趕緊將窗關起來。

「下這麼大的雨，明天怎麼去找帕克里呢？」優瑪坐在床沿，望著胖酷伊木雕說。

胖酷伊木雕依舊傻笑著。

「你什麼話也不會說了，對不對？」

優瑪輕輕的嘆了一口氣，起身走出房間。經過以前奶奶房門口，她走進去，幫以前奶奶把被子蓋好，接著走進沙書優的房間。

沙書優房間裡的擺設和他離開前一模一樣，以前奶奶每天都會進來清理，定期更換床單。她說，沙書優隨時會回來，他回來的時候，需要一張舒適的床。

一年多過去了，沙書優依然下落不明，生死未卜。

優瑪坐在沙書優的書桌前，他離開之前攤開的書原封不動的擺著，優瑪翻開封面瞧了一眼，書名是《神奇的孤絕花》，優瑪讀著攤開的頁面，想知道沙書優離開那天究竟讀了什麼。

孤絕花生長在極為陡峭的山壁上，性喜烈陽強風，白色的花瓣厚實潤澤，散發淡雅的清香，上至花朵、葉片、枝幹，下至根莖，每一個部位對於治療頭痛和憂鬱都有神奇療效。

沙書優是為了尋找孤絕花而失蹤的嗎？他進入森林也許就是去尋找孤絕花，卡嘟里森林哪些地方曾經出現孤絕花呢？帕克里一定知道，但是，現在連帕克里也下落不明。只要找出孤絕花的生長地點，也許就可以找到關於沙書優的蛛絲馬跡。

優瑪喉頭突然一緊，如果這樣推斷是正確的，那沙書優會不會為了採集孤絕花，在攀爬懸崖的過程中墜落山崖呢？優瑪甩甩頭，想都不願意再想。她推開書本，離開書桌，躺到沙書優的床上，痛苦的蜷曲身子。她想著沙書優、帕克里和胖酷伊，想著想著，不知不覺中就睡著了。

優瑪才剛剛睡著，就被搖醒。她睜開眼睛，看見沙書優站在床前微笑望著她：「優瑪，你怎麼睡在這裡呢？」

「爸爸！你去了哪裡，怎麼現在才回家？」優瑪揉著眼睛坐起身。

「我不過出去一年多。我不是說過要去採『孤絕花』回來嗎？那種植物用來治療頭痛和憂鬱，效果很神奇。」沙書優興奮的說。

「你摘到了嗎？」

「當然，你看，」沙書優從背包拿出一株和書上畫的一模一樣的孤絕花。「這就是難得一見的孤絕花。」

「這是帕克里的背包，怎麼會在你那兒？」優瑪完全不理會孤絕花，她摸著帕克里的背包叫了起來。

「我上山途中遇到帕克里，他請我幫他看管這個背包，所以我就暫時借用一下。」

「帕克里他還好嗎？」優瑪記得帕克里在前往烏達卡拉部落途中失蹤了。

「帕克里在一個安全的地方。別擔心，他沒事的。」沙書優說。

「爸爸，你見過我的胖酷伊嗎？」優瑪繼續問。

「胖酷伊？我看過，但是他看起來像是完全不認識我，頭也不回的往森林裡走。」

「胖酷伊其實不是胖酷伊，他真實的身分是檜木精靈。」

沙書優一點也不驚訝，他說：「我早知道胖酷伊是檜木精靈啊！」

「你怎麼知道？為什麼不早告訴我？我一點準備都沒有。」優瑪很激動。

「優瑪，你是卡嘟里部落的頭目，你要學習的事情很多，你得學習人生的生離死別。胖酷伊回到屬於他的地方，你會覺得很痛苦，那是因為你失去生命中最重要的夥伴。如果你真的當他是你的兄弟，就應該祝福他。」

「爸爸，我的心好痛！」優瑪哭了起來。

「我的優瑪，你會慢慢好起來的，當你不再覺得痛的時候，你會變得更強壯。」沙書優摟著優瑪安慰她。「別哭了，好孩子。」沙書優輕輕的推開優瑪。「我得走了。」

優瑪抬起掛著淚痕的臉焦急的問：「你要去哪裡？你才剛剛回來。」

「我還有很多事要做。孤絕花的數量還不夠，它長在峭壁上很難採。我得去多採一些回來。」

「我跟你一起去。」優瑪連忙起身。

「不行，優瑪，你不能跟我去，你得管理卡嘟里部落，部落不能沒有頭目。」沙書優推開優瑪。

優瑪緊緊的握住沙書優的左手，「我該去哪裡找你？」

「跟著太陽走吧！」沙書優說。

沙書優輕輕甩開了優瑪的手，卻又立即被優瑪捉住：「跟著太陽走？你說清楚，是太陽初升的東方還是落下的西方呢？爸爸，你沒說清楚我不讓你走，我絕對不讓你走。這些日子我多麼想念你，你知道嗎？我絕不讓你走。」

沙書優用力的想甩開優瑪的手，優瑪用全身的力氣緊緊抓著沙書優，嘴裡喃喃說著：「不要走，不讓你走。爸爸，不要走。」

「優瑪，優瑪。」以前奶奶輕輕搖著優瑪的肩膀。

優瑪醒過來，她眨了眨眼看著以前奶奶，鬆開緊緊握著的以前奶奶的手。

「你作夢了！」以前奶奶說。

優瑪環視四周，想起自己半夜進入沙書優房間。她看了一眼書桌上的書，那本《神奇的孤絕花》還攤在桌上。

「你怎麼跑到這兒來睡呢？」

「我半夜醒來睡不著，進來看看。」

「沒關係，我和你一樣每一天都想念沙書優。走吧！我煮了小米地瓜粥，熱騰騰的。」

以前奶奶摟著優瑪的肩膀走出沙書優房間。

屋外的雨依然下著，一點也沒有要歇息的意思。

優瑪站在屋簷下看著雨，想著夢裡沙書優說過的話。跟著太陽走就可以找到沙書優嗎？太陽從東方升起西方落下，這是太陽行走的路線，所以應該從東往西去尋找。她可以勞師動眾請搜救隊再去搜尋一次嗎？沙書優失蹤的這一年裡，搜救隊上山搜救了無數次，每一次都無功而返。優瑪無法靜下心來做出決定。

這雨到底要下到什麼時候？帕克里能不能撐著等到族人的救援呢？

「我昨天晚上夢見沙書優了。」以前奶奶邊喝小米地瓜粥邊說。「我以前很少夢見沙書優的。」

優瑪驚訝極了：「你也夢見沙書優了嗎？你夢見他什麼？」

「我夢見他背著帕克里的背包去採花，我問他帕克里哪裡去了，他說，帕克里暫時住在一個森林裡，過些時候就會回去，別擔心。我問他是哪個森林，沙書優就沒說了。」

優瑪叫了起來：「姨婆，我們居然作了相同的夢，這是沙書優在告訴我們帕克里目前很平安。」

「以前以前有一對夫妻，他們結婚六年都沒有生小孩。兩夫妻很失望，每天都盼望著家裡能有個小孩。有一年夏天，他們連續五天作相同的夢，夢見有個嬰兒在盛開的杜鵑花叢裡嬉戲，沒多久妻子真的懷孕了，生下一個漂亮的小女嬰，取名叫杜鵑。」以前奶奶慢條斯理的說：「不要小看夢啊！無論如何我們都得把夢記住，那是天神傳遞訊息的方式。」

「沙書優都失蹤一年了，天神為什麼現在才給我們訊息？」

「天神這樣做自有祂的道理。」

「姨婆，你聽過熊森林嗎？」

「熊森林？以前聽過，好像是住了很多熊的森林。」

「什麼樣的熊住在那裡？」

「活在以前的熊。」

「你去過熊森林嗎？」

「我以前去過沒有呢？哎呀！我記不得了。」以前奶奶蹙起眉頭，努力的想著自己去過熊森林嗎？以前奶奶在記憶庫裡翻箱倒櫃找了好一陣子，仍然一無所獲。

「這雨不知道要下到什麼時候。」優瑪憂心的說。

「該停的時候就會停。」以前奶奶悠悠的回答。

15

熊森林

天亮的時候，雨終於停了，燦爛的陽光照耀著卡嘟里森林。

搜救隊一行二十幾人和五條狗，終於浩浩蕩蕩的出發了。

以前奶奶背著裝了雨衣、衣物、肉乾、烤地瓜和水壺的月桃簍，偷偷混入搜救隊裡。阿莫很快就發現她，見她年邁體衰的樣子，擔心她走不了多久，一直勸她回家。

「帕克里的妹妹里莎要出嫁了，我怎麼可以不去呢？」以前奶奶很生氣的對大家說。

「以前奶奶，里莎嫁到烏達卡拉部落二十幾年了，她生病了，帕克里在去看她的路上失蹤了。」雅格說。

「我們要走好幾天的路，你能走嗎？」大樹關心的問。

「我以前能走，現在當然也能走。」以前奶奶中氣十足的回答。

搜救隊員個個面有難色，大家都覺得還是送她回家去吧！否則到時候她走不動，又要背她了。

「姨婆，你還是不要去好了。」優瑪也勸她。

「我體力很好的，我爬樹給你們看。」

以前奶奶立刻跳上路旁的一棵樹，手腳並用的幾秒鐘就爬上了樹梢。

樹下的人個個看得目瞪口呆，這是以前奶奶嗎？

以前奶奶在樹上朝大家揮揮手，又俐落的滑下樹來。

「我可以跟著去了嗎？」以前奶奶問。

大家見以前奶奶的身手體力完全不輸年輕人，便同意她加入，並派遣大樹照顧她。出發三個小時後，大家看見以前奶奶用一種充滿節奏的步伐，走在大樹和阿莫這些年輕人前面，大家才放下心來。

「以前奶奶這陣子的體力真是驚人，連我都快要被她打敗了。」多米小聲的說。

搜救隊排成一個直線隊伍前進，穿過瀑布、爬過低矮的岩石區、走過泥濘的沼地、再經過檜木林、大崩壁和綿延的竹林，然後穿越杜鵑花海和受到雷擊而倒下的巨大倒木、還溯了一小段湍急的溪流。有時候他們會看見動物留下的腳印，便蹲下來研究一番；有人踩到溼滑的青苔滑倒了；有人被調皮的猴子扔下樹的果核打中頭；一路上雖然沒有遇見危險的事，卻充滿小小的驚嚇。

五隻獵狗忽前忽後、忽左忽右的執行自己的警戒工作。

「嘿嘿，大家停下來，聽聽這什麼聲音？噓噓。」阿通伸出雙手擋住大家問：「這是誰在唱歌？」

大家豎起耳朵聽，是鳥叫聲和風聲。

「是黃山雀在追女朋友。」阿通露出調皮的微笑小聲的說。

「哈，手癢啊？去抓呀！」瓦拉用手肘碰碰阿通揶揄的說。

「我幹麼抓牠們？牠們在樹上待得好好的。」阿通瞪了瓦拉一眼。

第二天晚上，搜救隊來到飛鼠森林。大樹、阿莫、阿通和夏雨負責清空營地搭起帳棚。優瑪、吉奧、瓦歷和多米負責蒐集木柴升營火，以前奶奶和其他人則準備食材做竹筒飯。一群人七手八腳的趕在天黑之前把要做的事情做完，黑夜降臨的時候，大家圍著營火，烤著剛剛捉到的野兔和飛鼠，等待躺在火堆裡的竹筒飯熟透。

營火嗶嗶剝剝的爆出聲響，小火花四處彈飛。

優瑪呆愣的看著烤飛鼠，想著胖酷伊。如果胖酷伊還在，此刻肯定有美味的山豬肉吃，不管是抓飛鼠還是抓山豬，一點都難不倒他。胖酷伊檜木精靈現在在做什麼呢？

「明天大約中午，最晚傍晚前就可以穿越熊森林。」雅格說。

大家都點點頭。

「不管遇見什麼事，切莫離開山徑。」雅格語帶權威的說：「切記，只要不離開步道就什麼事都不會發生。你會看見黑熊，但是牠們傷害不了你。整個熊森林只有那條步道是真實的，那些黑熊和森林裡的一切都是看得見的靈魂。只要一離開步道，就有迷路的危險。一旦迷路了，你將餓死在完全沒有食物的熊森林。」

「聽說，很久很久以前，那裡只是一片沙地，突然在一夜之間變出這樣一個虛幻的森林。」大樹說：「沒有人知道是誰弄出來的。」

「那些熊會傷人嗎？」優瑪問。

「如果不激怒牠們就沒事。聽說，曾經有人因為迷路，驚慌失措，見到黑熊就攻擊，結果被黑熊一口鬼氣給吹暈。被救出來的時候，完全變成另外一個人，傻乎乎的，什麼也不記得。」大樹說。

「萬一，我們不小心踩到黑熊的腳趾頭，那該怎麼辦！」多米擔心極了。

「那就小心一點，不要踩到牠們的腳趾頭就好啦！」大樹說。

「誰能保證自己一定不會『不小心』哪。」多米說。

「你會不會想太多了？」吉奧說。

「萬一我不小心踩到黑熊的腳趾頭，你們一定要來救我。」多米懇求的看著其他人。

「沒問題啦，多米，你放心，我一定會第一個衝過去救你。」夏雨拍拍胸脯保證。

「有你這句話我就放心多了。」多米說。

營火劈里啪啦的響著，月光輕柔的照耀著飛鼠森林。族人們閒話家常，從迷霧七彩湖的彩姑姑聊到帕克里。大家小心翼翼的避開跟胖酷伊有關的話題，就連胖酷伊最拿手的獵物山豬和飛鼠也避開不提。

在柔和月光的陪伴下，族人們一一鑽進帳棚就寢了。

隔天一早天濛濛亮，霧仍然包圍著搜救隊的營地時，卡嘟里族人已經醒來，忙著煮食早餐，收拾營地，踩著草地上的露珠出發了。他們的家人帕克里正在某個地方受苦，想到這裡，他們片刻也不敢逗留。

搜救隊經過一棵半邊樹身已經腐爛的檜木，靠著剩下半邊輸送養分，樹梢上的綠葉依然一片翠綠、生氣蓬勃。

「可以救救它嗎？它看起來朝不保夕。」瓦歷問。

「大自然有它的定律，該倒下的時候它就會倒下。」大樹說。

瓦歷聽了不以為然：「人類的智慧不能用來幫助一棵生病的樹嗎？」

「老樹中心漸漸腐壞，就是因為老了。大自然跟人的生命週期是一樣的，生老病死，樹當然也一樣，它活了幾百幾千年，沒有不死的人和不死的樹。」夏雨說。

一群猴子懶洋洋的坐在樹梢陰影處，好奇的望著樹下的人。有幾隻則在樹枝間跳來盪去，保持最高警戒提防這群闖入者。

眼前是一片看起來極為怪異的樹林，一條被人踩踏出來，只夠一人行走的山徑，筆直的沒入林中。這片樹林的顏色和一般森林的綠有明顯的不同，綠色的樹海泛著淡淡的藍光，詭異的氣氛裡帶著神祕的色彩。

五隻獵狗突然對著前方的熊森林狂吠起來。

「喝！住嘴，安靜。」大樹怒斥。五隻狗雖然安靜了下來，卻表現得焦躁不安，不停的嗚嗚耶耶，四肢不安的刨著地。

「進入熊森林之後，大家盡量走在一起，不要個別行動。」雅格解下身上的麻繩繼續說：「阿莫走在最前面拉著這條繩子，繩子的另一端在我手上，大家抓緊繩子一起通過森林。還有，要記住，在熊森林裡，不能帶走任何東西，連一片葉子都不行。」

大家安靜的聽著。優瑪緊張的嚥了一下口水。

「為什麼？」瓦歷小聲的問。

「臭小子，因為熊的靈魂可能附在那片葉子上跟著你回家。」阿通拍了一下瓦歷的腦袋。

「有黑熊靠近時，我們要很誠懇的請牠們原諒，我們是來尋找走失的族人，沒有別的企圖。記住，千萬不要惹怒黑熊。」雅格說。

每個人拉著繩子走進森林，阿莫走在最前頭，其他人將優瑪、吉奧、瓦歷、多米和以前奶奶包圍在中間。步道兩旁是一大片樹林，林子裡的每棵樹都長得一模一樣，風吹過來的時候，這片樹林看起來就像一大塊被風吹動的布畫，輕盈得如水波般晃蕩著，讓人看了感覺暈眩。

「每棵樹都長得一模一樣，一旦進入樹林裡，打個噴嚏就可以叫人迷路。」吉奧小聲的說。

熊森林的氣氛陰森森又暗沉沉的，就像連續下了半個月雨的森林，潮溼陰暗得讓人感到憂鬱。雅格帶領大家走了大約五分鐘，一成不變的風景，如水波搖曳的森林，使所有人開始產生錯覺，覺得自己只是雙腳在原地踏步，真正移動的是那片不斷往後的水波布幕。

「為什麼走了那麼久，連一頭熊都沒看見？」多米小聲的問。

「噓！」瓦歷示意多米不要多話，雖然他也有同樣的疑問。瓦歷四處搜尋觀察，抬起頭來的時候，他嚇得大叫了一聲，一下子腿軟跌坐到地上。

瓦歷的尖叫聲嚇了大家一跳，雞皮疙瘩紛紛從脖子和手臂上冒出來。順著瓦歷的眼神往上看後，每個人的心臟都因為驚嚇而彈跳到喉頭，差一點就喘不過氣來。

幾十隻黑熊全都站在樹上，數量多到幾乎遮蓋了樹梢，樹上黑壓壓一片全都是黑熊。

牠們什麼時候溜到樹上去的？

一隻黑熊不知道從哪裡冒了出來，站在優瑪身旁。優瑪再度嚇一跳，緊張的嚥了一口口水，一顆心撲通撲通的跳。她努力壓抑恐懼，躲開黑熊逼視的眼睛。

「小頭目優瑪，真的是你，我終於等到你了。」黑熊用一種彷彿被誰摀住口鼻之後發出來的聲音說。

「你是……你是……」優瑪努力的回想，她何時認識這隻熊的？當她看見牠胸口的槍傷時，她想起來，心一陣揪緊，恐懼的感覺又湧了上來。

「你是……你是……熊惡靈媽媽。」

聽到熊惡靈媽媽這個名字，其他人的心也往上提了起來。

「是，就是我。我終於等到你了。」熊惡靈媽媽說。

「你在等我？」優瑪無法理解這句話的意思。

「是啊，我們在等你。不然，你是為了什麼進入熊森林？」

「我們來尋找帕克里。你們……有……有看到他嗎？」優瑪比畫著說：

「帕克里大約五十歲，長得比我高出兩個頭，瘦瘦的，皮膚黑黑的，理平頭、穿一件暗紅色的衣服、深藍色的褲子，腰間掛著一把開山刀。你有見到這樣一個人嗎？」

熊惡靈媽媽深邃的黑眼珠盯著優瑪，好一會兒才說：「見過。」

優瑪很驚訝的問：「你真的見過帕克里？他現在在哪裡？」

站在樹上的黑熊全都飄了下來，把搜救隊員團團圍住。

「是你們……」優瑪想解釋：「是你們把帕克里的背包送到我家……」

其他的黑熊不理會優瑪的說話，牠們好奇的看著優瑪。從樹林裡走出來更多的黑熊。

「她就是傳說中的小頭目優瑪？」有一隻黑熊問。

「是，就是她。」另一隻黑熊回答。

「你們要幹什麼？」優瑪害怕起來。

其他族人立刻擋在優瑪面前，不讓黑熊有機會傷害她。

「小頭目，我們不會傷害你。大家只是想看看傳說中的小頭目。」熊惡靈媽媽說。

「傳說？什麼意思？我有什麼值得傳說的？」優瑪疑惑的問。

有幾隻黑熊將大臉逼近優瑪的臉，好奇的瞧著，有的甚至伸出手指頭戳優瑪的臉頰。

「是你們把帕克里的背包送到我家，通知我來！」優瑪想起來了。

「對，是我們把背包送到你家的。」熊惡靈媽媽說。

「那你快告訴我帕克里在哪裡？」

「有個條件。」

「條件？」阿通驚訝的叫了起來。

「以前的人從來不講條件，只講義氣。」以前奶奶說。

其他族人也議論紛紛。

「原來你們綁架了帕克里，要用來和我們談條件？」優瑪有點生氣。

「小頭目不要誤會。你說的那位帕克里為了追蹤一個野人闖進熊森林，迷路了。沒有任何一隻黑熊有本事阻止任何人進入熊森林。」

「野人？什麼野人？」

「介於熊和人猿之間的動物。」

「帕克里現在還活著嗎？」

「活著。」

「他毫髮無傷嗎？」

「我們不保證任何闖入者是否毫髮無傷。」

「如果帕克里已經受到傷害了，我為什麼還要答應你們的條件？」優瑪激動的反問。

「條件是用來交換帕克里的位置，而不是他的生死。」

從優瑪和熊惡靈媽媽的對話聽來，族人聽明白了一些事情。

「優瑪，牠們把帕克里藏起來，送背包到你家，把你誘騙到熊森林，然後要脅你，牠們知道你一定會來。」大樹激動的說。

「我們不需要把他藏起來，他走不走得出熊森林，全憑他的本事。」

黑熊沒有再說話，牠們看著優瑪，優瑪也看著牠們。熊惡靈媽媽說的話是有點道理的，不能憑帕克里迷路走不出熊森林，就認定他被藏起來，這些熊什麼都沒做，沒傷害他但也沒給他指路。

在這麼危險的地方，帕克里為什麼還要去追蹤奇怪的野人呢？

16 封路

「你們要我答應什麼？」優瑪說。

「我們希望你們封了這條路穿越熊森林的路。」熊惡靈媽媽說。

封路？

在場的每一個人都很震驚，這些熊居然不讓人經過這條山徑！

「你要我們繞過熊森林？」優瑪問道。

「是的，希望你們能繞道而行，從此不要從這裡經過。」

「為什麼？繞過熊森林我們得多花一天的時間哪！」大樹不高興的說。

「我們不喜歡被打擾，不喜歡有人在森林裡失蹤甚至死亡。」熊惡靈媽媽

大聲強調。

「但是，這片山和這座森林是大家的，山豬、飛鼠、野鹿、山羊甚至真正的大黑熊都可以自由自在的來去……」優瑪試著解釋，希望他們打消封路的要求。

「是的，大家有自由可以任意來去，但山這麼大、森林這麼寬敞，我們有的只是這麼一小塊地方，我們在這兒等待時機，時機到了，我們便會去真正的屬於我們的地方。」熊惡靈媽媽說。

是啊，山這麼大、森林這麼寬敞，我們有必要和等待時機離開的熊靈計較這一小塊地方嗎？帕克里還等著我們救他出來呢！繞路就繞路吧！多花一天的時間就多花一天的時間吧！我們都不趕時間不是嗎？繞過熊森林多了一份安全，還可以欣賞另一座山的風景，也挺好的不是嗎？我願意用整片森林換回帕克里！更別說這一小片森林了。就把熊森林完完全全的讓出去吧！沒關係的，我們沒有損失。

優瑪和雅格等族人們商議之後，決定答應熊靈們提出來的封路要求。

大樹、瓦拉和夏雨三個人往回走，在入口處堆放了幾個大石頭和許多枯木樹枝，讓這裡完全看不出來曾經有一條山徑。

「你可以把帕克里帶出來了吧！」優瑪說。

「帕克里在熊森林裡迷路，已經有熊帶領他過來了。」熊惡靈媽媽說。

「他還好嗎？」雅格問。

「他幾天沒吃東西，看起來很虛弱。」熊惡靈媽媽說。

「為什麼你要拿走帕克里的背包？這不是要斷了他的生路嗎？」優瑪百思不解的問。

「他追野人的時候，自己掉了背包。」熊惡靈媽媽說：「送回背包，是我們的好意呢！」

沒多久，看起來很虛弱的帕克里被帶到族人面前，尷尬的微笑著說：「真不好意思，給你們添麻煩了。」

大樹和夏雨立即趨前扶住帕克里，大樹拿出水瓶，讓嘴脣已經乾裂的帕克里喝水。

「我們可以帶他走了嗎？」雅格問。

「當然可以，只要你們不迷路。」熊惡靈媽媽說。

帕克里喝了水又吃了一根香蕉和兩塊番薯餅後，稍微恢復了精神。

「帕克里，我們陪你去一趟烏達卡拉部落吧！」優瑪說。

帕克里點點頭說：「嗯，優瑪頭目的確需要正式拜訪烏達卡拉部落。」

走出熊森林之後，族人們也搬來石塊與枯木將這一端的路給封了起來。

「記得提醒烏達卡拉部落的人不要再走這條山徑。」雅格說。

少有人煙的森林因這次的搜索行動變得熱鬧，受驚的蛇類往洞穴深處鑽去；松鼠在樹上探頭探腦，疑惑的看著這些人；猴子則憤怒的搖撼著樹枝警告闖入者快離開牠的地盤；水鹿聞到不尋常的氣味，在遠處謹慎的戒備著，暫時不到溪邊喝水。

族人在溪邊紮營，圍著火堆，烤著在溪裡抓到的魚。

「帕克里，為什麼你會離開山徑呢？」

「因為一個像熊一樣強壯的野人。」帕克里說：「那天我走在山徑上，突然一個人影從右側森林穿越山徑，差一點就撞上我，我很確定那是人，不是熊。他穿著兩件簑衣，讓他看起來非常的巨大，這個人似乎很熟悉熊森林，來去自如。」

大家屏氣凝神的聽著。

帕克里遲疑的看了優瑪一眼，有所保留的說：「我對他感到好奇，他穿著兩件簑衣，頭髮又亂又長，和鬍子幾乎糾纏在一起，我看不清楚他的臉。當一陣風吹開散亂在他額頭上的亂髮時，我看到他的眼睛。是一雙帶著篤定神情的眼睛。我開口對他說：『不要進去！會迷路的。』他轉身就跑，跑的速度相當快，如果他是從山腳下上山躲藏的逃犯，對卡嘟里部落以及烏達卡拉部落都會有危險，於是我拔腿就追，但那個野人一轉眼就不見蹤影，接著我也迷路了，要走出熊森林根本不可能，每棵樹都長得一模一樣，根本無法辨識方向。」

「那個野人看起來危險嗎？」優瑪問。

帕克里看著優瑪，一副欲言又止的表情。他想說的是，那對眼睛看起來非常熟悉，像是一位朋友的眼睛。但是，帕克里只是用舌頭舔了一下乾燥的嘴脣後說：「他看到我的時候也嚇一跳，但是沒有要傷害我的意思。」

族人們安靜的享用大自然賜予的食物，聽著淙淙的溪水聲，交換著白天經歷的每一件事，直到月亮升到正中央，睏倦的呵欠聲此起彼落，大家才陸陸續續的鑽進帳棚，伴著溪流的歡唱聲沉沉入睡。

太陽升起了。

一群人浩浩蕩蕩的繼續前往烏達卡拉部落。隊伍進入一片竹林，高大的竹子密密實實的長著，陽光被擋在竹林外頭，連個小縫都擠不進來。

「看見這片竹林，表示已經接近烏達卡拉部落了。」中午時分，族人們在竹林裡挖掘新鮮的筍，堆起石塊架起爐火，開始煮筍湯、烤竹筍。

「還要多久才能走出這片竹林呢？」多米問。

「一輩子吧。」阿莫做了一個鬼臉後繼續說：「我胡說的！不過，烏達卡拉山盛產竹子，整個山區有八成的地方都長著竹子，你說說，需要走多久才能走出去呢？」

「也就是說，我們這幾天看到的風景只會有竹子？」瓦歷訝異的說。

「沒錯，只有竹子。」阿莫望著遠方的竹林，眼裡都是讚賞：「竹子真的很美，不是嗎？」

穿過一片又一片的竹林，竹林後面還是竹林。

他們在竹林裡住了一晚。隔天傍晚，終於抵達烏達卡拉部落。

晚霞燒紅了天邊那群看似飛鳥的雲彩。

烏達卡拉部落隱身在濃密的竹林裡，家家戶戶廚房冒出的炊煙，說明了這裡是人類居住的聚落。

17 作客烏達卡拉部落

烏達卡拉部落和卡嘟里部落一樣，坐落於海拔兩千公尺的高山上，同樣是個高山自治區，負責守護烏達卡拉山。

不同的是，烏達卡拉部落的住屋大多是用竹子搭建而成，因為烏達卡拉山擁有各式各樣的竹子，黑的、紅的、藍的、圓的、扁的、方的、不規則形狀的、細的、粗的，還有像藤蔓的竹子。部落裡很多裝飾也都和竹子相關，竹篾編織的畫、各種顏色的竹子拼貼而成的藝術座椅、別緻的竹雕……

部落頭目達也吉，是個四十幾歲身材壯碩的中年人。他的下巴蓄著一小撮鬍子，眼睛炯炯有神，皮膚黝黑，穿著紅色的背心，腳上穿著竹編的鞋子，說起話來中氣十足，聲音宏亮。

兩部落因為通婚的關係互有往來，但是，這次是優瑪頭目第一次拜訪，達也吉頭目特別高興，他熱情的安排了很多活動，除了參觀烏達卡拉山特殊的竹林景觀之外，還請族人表演竹子手工藝製作。

帕克里的妹妹里莎見到多年沒見的哥哥，高興得連病都好了。連忙張羅食物宴請帕克里和優瑪頭目。

「見一面真不容易呀！哥哥。」里莎感慨的說。「卡里卡里樹還好嗎？」里莎問。卡里卡里樹是她遠嫁烏達卡拉部落之後的鄉愁，每當天氣變冷，她就彷彿可以感覺到空氣中飄蕩著淡淡的卡里卡里樹花的香氣。

「卡里卡里樹此刻正在休息，它們非常健康，再過些日子就會精神奕奕的醒來。」帕克里說。

優瑪觀察到，這幾句對話是他們兄妹倆見面幾天來的唯一談話。幾年不見，為什麼就只說上這幾句話呢？

優瑪明白這是卡嘟里族年紀稍長的族人和久違親人相見時的固定模式。他們用眼睛觀察對方的生活，用短暫卻親近的陪伴填補分開的空白時光。他們也許只是安靜的坐在一起，烤著火、唱幾首歌、喝幾甕酒，讓再度分離之後的想念有新的影像可以回憶翻閱。

平常不太喝酒的以前奶奶也喝得醉醺醺的，她快樂的和里莎跳著舞，整晚笑得合不攏嘴。

優瑪、吉奧、瓦歷、多米和其他小孩玩成一片。

烏達卡拉部落小孩唱了一首旋律輕快的童謠：

快樂的烏達卡拉、烏達卡拉、烏達卡拉，
滿山滿谷長著挺拔俊俏的竹子，
竹子竄入雲霄攪拌天上的雲朵，
竹浪隨風舞動唱著部落的歌，
不知何時，一個野人就像地裡的筍冒了出來，
他鬍子和溪流一樣長，
他的臉像黑夜一樣黑，
他的眼睛望穿竹林望穿你的胸膛，

野人不畏寒冬不怕日曬，
終年穿著黑色斗蓬，
黑色斗蓬像老鷹的翅膀，
帶著野人瀟灑的穿梭竹林，
野人力氣大得可以舉起烏達卡拉山，
野人飛天遁地無所不能，
哪個外族人膽敢進入森林盜伐盜獵，
野人一腳將他踢到山谷深淵。

快樂的烏達卡拉、烏達卡拉、烏達卡拉，
有美麗的竹子和神祕的野人守護，
快樂的烏達卡拉、烏達卡拉、烏達卡拉。

這首童謠讓卡嘟里族人聽了非常驚訝，歌詞裡的野人，莫非就是帕克里看到的那個野人？

「你們也見過野人嗎？」吉奧問。

「很多族人在深山裡見過，但是沒有人聽野人說過一句話，大家都說他可能是個啞巴。」一個叫春筍的男孩說。

「你們害怕嗎？」多米問。

「我們才不害怕呢，野人不會傷害我們，他不傷害人，見人就跑，沒有人知道他住在哪裡，為什麼會逗留在烏達卡拉森林？」春筍微笑著說。

「最近還有看到嗎？」多米又問。

「已經有好幾個月沒聽誰說看過野人。」春筍略微失望的說。

「也許走了。」瓦歷說。

「我希望他永遠留在烏達卡拉山。」春筍說。

「烏達卡拉山和卡嘟里山距離很近，他也許去過你們部落呢！」另一個男孩說。

「我們沒聽哪個族人說曾經看過這野人。」優瑪說。

第三天晚上，達也吉頭目安排了一場盛大的晚宴，烏達卡拉族人盛裝跳舞、喝酒，吃烤山豬以及和各種竹筍料理。

「優瑪頭目，我今天特別高興。你們千里迢迢來到我的部落，我真的太高興了。這麼多年，沙書優也才來過兩次，我們說好以後要常常往來，否則我們這些住在山裡的人太寂寞了。誰知道沙書優他……」達也吉面頰因為喝酒漲得紅通通的，他的眼睛泛著淚光。「沙書優是個好頭目，我真想念他，也真嫉妒他，他有個好女兒。」

優瑪很高興自己可以追隨沙書優走過的路徑，來到烏達卡拉部落，見到他的朋友達也吉頭目。

達也吉送給優瑪一把獵槍：「這是當年沙書優使用過的獵槍，是他送給我的，我保存得很好。現在，我把它再轉送給你，我想沙書優也會希望你保有它。」

優瑪接過沉重的獵槍，槍柄是檜木做的，被磨得滑溜光亮，鐵管上的漆已經斑駁滄桑。

「謝謝你，達也吉頭目。」優瑪道謝後，也提出了邀請：「希望有一天達也吉頭目可以帶領烏達卡拉部落的族人到卡嘟里部落作客，讓我們好好招待你們。」

達也吉頭目爽快允諾，有一天一定專程拜訪卡嘟里，讓兩部落的族人有機會聯誼。

在烏達卡拉部落作客的第四天，天剛剛亮，優瑪領著族人告別了熱情的烏達卡拉部落，帶著許多竹製的禮物啟程回卡嘟里，每個人心情都好極了。回家的路上，大家的心情都很輕鬆愉快，大樹開始唱起問答歌，優瑪、吉奧、瓦歷和多米也跟著大聲附和：

我們要回去哪裡？
我們要回去卡嘟里部落。
為什麼要回卡嘟里部落？
要回去採收小米。
為什麼要採收小米？
因為要做小米酒。
為什麼要做小米酒？
要慶祝帕克里平安回家。

經過幾天的辛苦跋涉，終於進入卡嘟里山。

帕克里特地帶領大家繞到半天山。半天山是一片向陽的斜坡，長著一大片箭竹和紅毛杜鵑。高山上的紅毛杜鵑花期已近尾聲。

帕克里折下幾束杜鵑，小心翼翼的握在手裡。

優瑪想起伊芬妮唱的歌：

你出門那天豔陽高照，
我目送你和你的影子踏上旅途，
你忽然回過頭來微笑著對我說，
平安回來的那一天，
要摘一束半天山上最美的杜鵑送給我。

優瑪彷彿已經看到伊芬妮站在家門口，展開燦爛的笑容接過帕克里手上紅毛杜鵑。想到這裡，優瑪不由得微笑起來。

優瑪和以前奶奶回到家的時候，發現家裡的庭院矮牆上曬滿了一束束整齊排列的小米，以前奶奶滿意的欣賞著金黃色的小米，讚歎的說：「真漂亮啊，這些小米。」

「是誰幫我們收割小米的？」

「是我們的兄弟姊妹呀，以前到現在都是這樣，當我們沒空，就會有人過來幫忙。呵呵。」以前奶奶邊說邊走進屋裡：「我得去烏娜家，把兩隻小雞給帶回來，牠們一定趁我不在的時候偷偷長大了吧，呵呵。」

優瑪走進房間，放下背囊，看了一眼胖酷伊木雕，一副欲言又止的模樣。她想告訴胖酷伊這趟旅行的經歷。但是優瑪看著胖酷伊木雕，她覺得這一切已經不同了。

15

祝福

第二天，優瑪天還沒亮就出門，此起彼落的公雞啼叫聲，喚醒了早晨。優瑪走過卡里溪橋，來到一處山坡地，割了兩大捆牧草後，天微微亮了。優瑪整個人躺在牧草上頭，一張臉因為剛剛低頭割牧草而紅通通的。她看著天空中淡淡的雲，太陽還要半個鐘頭後才會從山頭冒出來。這時候的天空最美了，淡淡的，東方的山頭上有些許淡橘色的雲彩；氣候涼涼的，是一天當中最美的時刻。

一團濃霧緩緩的移動到優瑪身邊，穿過優瑪，再緩緩的飄開。

一隻灰色的野兔在五十公尺遠的草叢直立起身子，望著優瑪。

優瑪睡著了。她作了一個短短的夢，夢見胖酷伊回家了，見她睡在牧草堆上，將她搖醒，要她不要睡在這裡，會著涼的。

優瑪醒來，感覺到一股涼意，她跳下牧草堆，拍拍以前奶奶為她縫製的新褲子。此時，陽光已經朝著卡嘟里部落移動，左邊的森林被照亮了，優瑪微笑著背起兩捆牧草，往部落的方向走去。

優瑪來到帕克里家，來到小牛柵欄前，動作輕盈的放下一捆牧草，解開捆綁的繩索，將牧草攤開，看著小牛有滋有味的嚼著，優瑪這才帶著滿意的微笑離開。帕克里的身體還沒完全復原，有好一陣子無法親自去割牧草。

完成這件事後，優瑪沿著卡里溪往上走，希望能找到一塊漂亮的漂流木，她想雕刻一些東西回贈烏達卡拉部落。

不遠處一頭水鹿在溪邊喝水，優瑪立即停止走動，假裝自己是一棵樹。她知道如果自己繼續走動，水鹿一定會拔腿就跑。她欣賞著水鹿喝水的姿態，優雅中顯得自在，那是一種待在自己家園中所展現的自在。優瑪覺得自己有很多時間可以等待，她一動也不動的站在原地。

距離水鹿不遠的地方，有個影子晃動了一下，吸引了優瑪的目光。

那是一隻許願精靈，他站在對岸樹幹旁，被一叢及膝的雜草遮去了一半，只露出一顆小腦袋和頭上的枝葉。如果沒有仔細看，很容易會以為那不過是眾多野草中的一部分。

許願精靈安靜的望著優瑪，優瑪也望著許願精靈。優瑪很肯定他就是胖酷伊檜木精靈，他望著她的眼神是那麼的熟悉。

優瑪沒有許願。她不敢眨眼睛，擔心一眨眼胖酷伊檜木精靈便會消失不見。優瑪知道就算自己開口說話，胖酷伊檜木精靈也不會回家來。

水鹿喝足了水，抬起頭來望了優瑪一眼，那神情彷彿已經看穿優瑪假裝成一棵樹的意圖。牠沒有拔腿狂奔，很從容的看看自己在溪水中的倒影，再轉頭看了一眼胖酷伊檜木精靈後，才蹬著優雅的步伐進入樹林。

優瑪和胖酷伊檜木精靈，就這麼對望了好一會兒。

優瑪在心裡問了一句：

胖酷伊，你快樂嗎？

和人類生活太久，我要重新適應精靈的生活。

優瑪聽見了。她聽見了胖酷伊心裡的聲音。他們不用張嘴，而是用心在對話：

你會慢慢適應的。

你呢？你和以前一樣快樂嗎？

我每一天都好想念你。

我也很想念你。

真的嗎？你也想念我嗎？

我曾經是你的兄弟不是嗎？

你不再是了。

那是因為你不再需要一個兄弟，你就要成為一棵大樹讓鳥棲息了。

就算我像大樹一樣強壯，我還是需要一個兄弟。

胖酷伊檜木精靈沉默著。

優瑪臉上揚起一絲淡淡的笑意。

我親愛的胖酷伊，不管你在不在我身邊，你永遠都是我的兄弟。
我很高興你這樣想，優瑪。

兩人對望著，同時微笑起來。

我還會再見到你嗎？胖酷伊。
我們都住在卡嘟里森林裡，不是嗎？
是啊，我們都住在卡嘟里森林裡。
不要忘記，我幫你保留了一個願望。

胖酷伊檜木精靈對著手上的戒指吹了一口氣，戒指立刻飛到優瑪手上。

戒指裡隱藏了一個願望，你想許願的時候就搓熱戒指。

優瑪將戒指套在左手的無名指上。

胖酷伊揮了揮手，瞬間變成金黃色的球體，消失在優瑪眼前。

優瑪安靜的望著胖酷伊檜木精靈消失的樹林。她回想這短暫的接觸，心裡不再感覺痛苦。雖然有股淡淡的憂傷，但是，移動腳步返回部落的時候，她已經將憂傷輕輕擦拭掉了。

優瑪兩手空空的朝部落的方向走去，她沒有撿到滿意的木頭。遠遠的，優瑪望見卡里卡里樹，白條條光溜溜的矗立在綠樹林間，彷彿枯死一般。等到夏末的時候，綠葉將開始冒出來，一片片綴滿枝頭，到時候就會有一股神祕的力量，將樹林裡的綠全吸納過來。

優瑪愉快的漫步著，她感覺森林在擁抱她，讓她覺得非常的寧靜與歡喜。在森林裡逗留了一整天，優瑪覺得該回家了。

雲霧從山谷升起，橘紅的夕陽從雲的縫隙中射出十幾道金黃的光束，雲的縫隙愈來愈大，雲海的頂層染上橘紅的色彩。黃昏的霞光映照著部落，讓卡嘟里部落彷彿穿上一件橘紅色的薄紗，顯得嬌羞美麗又動人。

優瑪走上天神的禮物平台，站在沙書優留下的太陽圖案旁，努力想著沙書優的樣貌，想清楚了，才放心的露出微笑。

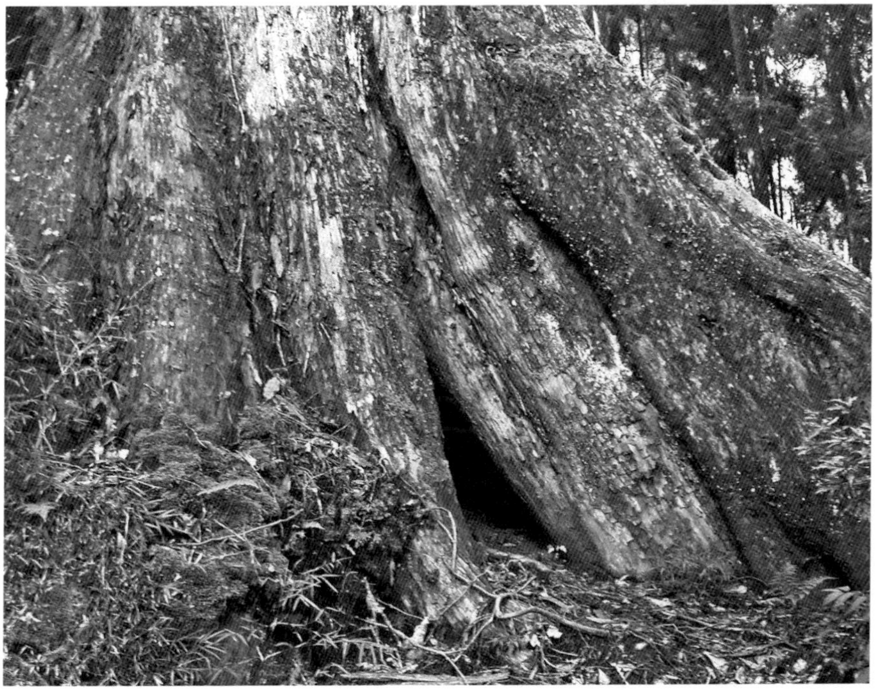

小頭目訓練❸ 神祕的入口通往哪裡？

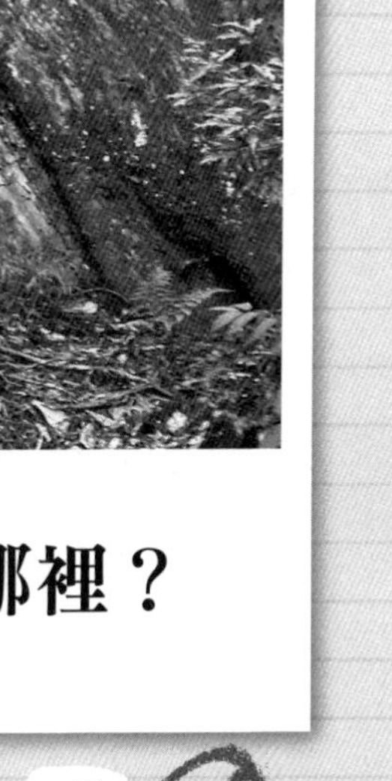

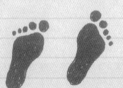

本單元摘自《糟糕，我扮鬼臉了》，作者／張友漁，出版／親子天下

當你在森林裡看見像照片裡這樣一個樹根，它可以只是一個樹根。
它也可以不是一個樹根。你認為它是什麼，它就可以是什麼。

想像力除了可以讓你破解自然界的密碼，甚至可以讓你創造一個新世界！文學創作的可貴在於你如何去創造一個全新的、有趣的世界，讓讀者在你創造的想像世界裡快樂遊歷。

如果這個樹根是某個生物的住家，那個小洞是個出入口，那麼，你覺得這會是誰的家？誰住在裡面呢？

也許沒有人住在裡面，這古怪的入口，是一個古怪村莊的懲罰場所，專門治療膽小的、自私的、壞脾氣的小孩和壞脾氣大人的神祕樹屋……

當你去想像這個故事的時候，你將更接近一個全新的夢幻的世界。

（張友漁／繪）

THINK 小頭目的任務

1 如果這不是樹洞，那會是什麼？

2 如果這是一個村莊，那會是怎樣的一個村莊？

3 如果這是專門治療自私的、壞脾氣小孩和壞脾氣大人的神祕樹屋，你覺得在樹屋裡進行的祕密治療會是什麼？

4 有人說，這是小叮噹的任意門，進到裡面可以自由選擇你想穿越的時空。也有人說，進到神祕樹洞裡，可以看見八十歲的自己，還可以和他說話。這有意思了，八十歲的自己，會告訴現在的你什麼事呢？

THIS IS IT!?

創意閱讀
寫作術

小頭目訓練❹ 精靈藏在哪裡?

THINK?

本單元摘自《糟糕，我扮鬼臉了》，作者／張友漁，出版／親子天下噓！森林裡的精靈無處不在，請小聲說話……

幾乎每個國家都有超過一百個以上關於精靈的故事，為什麼精靈的故事會這麼吸引人呢？因為大多數的精靈都非常調皮，喜歡唱反調、不按牌理出牌、一天到晚惡作劇，即使搞得世界天翻地覆，最後還是會收拾殘局、解決主人的困難，是一個還算討人喜歡的角色。

精靈會用各種形貌出現，花精靈、鉛筆精靈、禮物精靈（就是一群藏在聖誕老公公禮物裡的精靈）還有，卡嘟里森林裡的許願精靈。

進入卡嘟里森林，如果你夠幸運，可以遇到檜木精靈，你可以許願，願望絕對會實現；遇到扁柏精靈也可以許願，但是實現的願望跟你許下的相反。

檜木和扁柏這兩種樹長得非常相似，枝頭上的毬果，是唯一可以辨識的

東西；檜木的毬果比較圓，而扁柏毬果是橢圓的。但是精靈會以彈跳的方式出現在你面前，任憑你視力再好都很難做出正確的判斷……呵呵，在搞不清楚跳出來的是檜木精靈還是扁柏精靈的情況下，你還要冒險許願嗎？

　　精靈們究竟藏在哪裡呢？在森林裡、枕頭下、床底下、玉米田、糖果盒裡……拿出想像力，你就會發現，精靈無處不在。

既然精靈無處不在，你可以想一個與眾不同的關於精靈的故事，他可以出現在任何地方，包括你的鞋子裡，或是住在鈕釦裡，或是……就寫一個屬於你自己的精靈故事吧！

更多有趣的小頭目訓練，等你來挑戰！
請繼續閱讀【小頭目優瑪系列】第五集《野人傳奇》

少年天下系列 ———— 067

小頭目優瑪 4
失蹤的檜木精靈

作　　者｜張友漁
繪　　者｜達姆

責任編輯｜張文婷
特約編輯｜游嘉惠、劉握瑜
美術設計｜唐唐
行銷企劃｜葉怡伶

天下雜誌群創辦人｜殷允芃
董事長兼執行長｜何琦瑜
媒體暨產品事業群
總 經 理｜游玉雪
副總經理｜林彥傑
總 編 輯｜林欣靜
行銷總監｜林育菁
副 總 監｜李幼婷
版權主任｜何晨瑋、黃微真

出版者｜親子天下股份有限公司
地址｜台北市 104 建國北路一段 96 號 4 樓
電話｜（02）2509-2800　傳真｜（02）2509-2462
網址｜ www.parenting.com.tw
讀者服務專線｜（02）2662-0332 週一～週五：09:00~17:30
讀者服務傳真｜（02）2662-6048
客服信箱｜ parenting@cw.com.tw
法律顧問｜台英國際商務法律事務所 · 羅明通律師
製版印刷｜中原造像股份有限公司
總經銷｜大和圖書有限公司　電話：（02）8990-2588

出版日期｜ 2015 年 6 月第一版第一次印行
　　　　　2024 年 3 月第一版第五次印行
定　　價｜ 280 元
書　　號｜ BKKCK004P
ISBN ｜ 978-986-91881-4-2（平裝）

訂購服務
親子天下 Shopping ｜ shopping.parenting.com.tw
海外 · 大量訂購｜ parenting@cw.com.tw
書香花園｜台北市建國北路二段 6 巷 11 號　電話（02）2506-1635
劃撥帳號｜ 50331356 親子天下股份有限公司

國家圖書館出版品預行編目資料

小頭目優瑪4：失蹤的檜木精靈／張友漁 文；達姆圖；-- 第一版, -- 臺北市：親子天下, 2015.06
224面；17X22公分. --（少年天下系列；67）
ISBN 978-986-91881-4-2（平裝）
859.6　　104008614

卡嘟里